Niko Tackian est né à Paris en 1973. Il est scénariste, réalisateur et écrivain. Il a été journaliste et rédacteur en chef de différents magazines de presse avant de devenir scénariste. Il est le créateur de la série *Alex Hugo* (diffusée sur France 2) avec Franck Thilliez. En 2015, il publie son premier roman *Quelque part avant l'enfer* (Prix du polar de Cognac) chez Scrineo, suivi en 2016 de *La nuit n'est jamais complète* (Prix du Polar Sud Ouest/Lire en Poche) chez le même éditeur. Il est également l'auteur de *Toxique* (2017) et de *Fantazmë* (2018) chez Calmann-Lévy.

QUELQUE PART AVANT L'ENFER

NIKO TACKIAN

QUELQUE PART AVANT L'ENFER

SCRINEO

FSC
www.fsc.org
MIXTE
Papier issu de sources responsables
FSC® C003309

Pocket, une marque d'Univers Poche,
est un éditeur qui s'engage pour la préservation
de son environnement et qui utilise du papier fabriqué
à partir de bois provenant de forêts gérées
de manière responsable.

ISBN : 978-2-266-26900-1
Dépôt légal : mars 2018

À ceux qui restent
et à ceux qui quittent le chemin.
Ma maison a brûlé
mais mon cœur est avec vous.

J'aime, de temps en temps, lire le premier roman d'un auteur, sans doute parce cela me rend quelque peu nostalgique d'une époque qui s'éloigne chaque année un peu plus, mais aussi, simplement, parce que j'aime découvrir une plume et l'homme qui se cache derrière.

Quelque part avant l'enfer fut une magnifique découverte. J'ai immédiatement ressenti, à sa lecture, cette atmosphère qui me plaît tant, faite de mystère, de suspense, avec l'impression que petit à petit, les pièces se mettent en place pour nous révéler une histoire surprenante.

Le thème principal du livre, les fameuses EMI (Expériences de Mort Imminente) m'intéresse également beaucoup. Que se passe-t-il sur la frontière entre la vie et la mort ? Qu'ont vu ceux qui ont franchi la frontière et sont revenus ? Le voyage de l'autre côté peut-il transformer notre existence dans le monde des vivants ?

C'est sur ce thème passionnant que Niko Tackian construit sa trame et nous entraîne dans l'univers d'un personnage attachant, Anna, qui survit à un terrible accident de la route et va être entraînée dans une spirale infernale. L'auteur, scénariste, sait raconter des histoires et maîtrise à la perfection les codes du genre, ce qui nous donne l'envie irrésistible de tourner les pages. C'est ce que j'aime dans un roman, prendre du plaisir à la lecture avant tout.

Quelque part avant l'enfer est un premier roman abouti, une belle réussite et j'espère que Niko Tackian ne nous privera pas de nouvelles histoires que j'attends déjà avec grande impatience !

Franck Thilliez

« Ce n'est pas en regardant la lumière
qu'on devient lumineux,
mais en plongeant dans son obscurité. »
Carl Gustav Jung

1

Blanc. Tout était blanc et froid. C'est ce que pensait Casquette en ouvrant difficilement les yeux pour s'extirper du sommeil. Sa petite tente, une Quechua verte, se dressait comme une verrue sur la surface immaculée de la forêt. Cette année, l'hiver était venu plus tôt et les premiers flocons donnaient au bois de Vincennes des allures de paysage montagnard. La température, largement en dessous de zéro, surprenait parfois quelques malheureux pendant la nuit. Un simple réchaud qui cessait de fonctionner et c'était l'hypothermie fatale. On les retrouvait morts dans leurs abris de fortune disséminés entre les chemins forestiers. Mais Casquette n'était pas un novice. Cela faisait une éternité qu'il arpentait le bitume avec pour seul compagnon son chien Virgile. Des années de galère, de danger, de privations et de quelques rares moments de véritable liberté. Certains disent que les sans-abri choisissent leur destin, ne veulent pas travailler, refusent de se plier aux règles de notre société. Qu'ils viennent donc passer une nuit d'hiver sous la tente avec Casquette et Virgile…

Ce chien, Casquette l'avait trouvé abandonné dans un parking lorsqu'il squattait dans le secteur du cinquième arrondissement de Paris. Affamé et battu par ses anciens maîtres, il avait fallu deux bons mois pour qu'ils puissent s'apprivoiser mutuellement. Aujourd'hui, ils étaient comme deux frères. Chacun veillait sur l'autre à la vie, à la mort.

Les hurlements de Virgile l'avaient fait émerger de ses rêves alcoolisés. Il étirait douloureusement sa carcasse à l'intérieur de son vieux sac de couchage en plume d'oie.

— Virgile ! Qu'est-ce que tu fous, bordel ? Ferme-la !

Aucun bruit. Le chien avait détalé entre les troncs, ses aboiements laissant la place à un silence glacial. Dans un râle de mécontentement, Casquette alluma sa lampe torche et regarda sa montre : 3 heures du matin. Il se redressa avec peine et glissa sur le sol vers le coin de la tente où il entreposait ses affaires. Une simple valise qui avait pour lui valeur de cave, d'armoire et de coffre-fort. D'un mouvement précis, il farfouilla à l'intérieur à la recherche d'une petite bombe de la taille d'une main. Le gaz lacrymogène était périmé, mais Casquette ne comptait de toute façon pas s'en servir. Cette bombe, c'était son nucléaire à lui, sa force de dissuasion en cas d'embrouille. Et quelque chose lui disait qu'il allait y avoir embrouille…

Glissement du zip. La silhouette massive du SDF se faufila entre les pans de la tente. Le froid le prit immédiatement à la gorge, le forçant à tousser pour cracher les glaires qui encombraient ses bronches. La vie dans la rue ne le protégeait pas des virus, bien au contraire. Son système immunitaire, fragilisé par l'alcool, peinait de plus en plus à lutter contre les maladies. Un simple rhume pouvait se transformer en pneumonie et le mener à l'hôpital puis au cimetière. Casquette le savait. Dans une autre vie et un autre pays, il avait été infirmier.

Il se dressa au milieu des arbres qui entouraient son refuge. La forêt était dense dans ce secteur reculé du bois de Vincennes. Un mélange de chênes et de hêtres disséminés au cœur d'un chaos d'arbustes et de branchages morts. On y croisait quelques promeneurs pendant l'été, jamais en hiver. Ses seuls visiteurs étaient les maraudes de la Croix-Rouge, et plus rarement les flics à la recherche de sans-papiers échappés du camp de rétention situé à quelques kilomètres. Un bois comme dernier refuge des exclus et des illégaux. Le poumon vert de Paris était comme celui de Casquette : malade.

Craquement d'une branche sur sa droite. Quelque chose bougeait.

— Virgile ? Viens ici, pépère ! Allez mon chien, viens ici je te dis !

Casquette avança prudemment. Ses pieds s'enfonçaient dans la neige et il tenait sa bombe lacrymo devant lui, prêt à gazer tout ce qui se présenterait avec un air menaçant.

— Virgile, déconne pas ! Sors de là !

Des traces étroites et rapprochées partaient des alentours de la tente vers une petite colline où se dressaient trois grands bouleaux transformés en statues de givre.

Il avança d'un pas rapide, bombe serrée contre la poitrine. À mesure qu'il approchait du sommet, des grognements devinrent de plus en plus audibles. Virgile était dans le coin et quelque chose l'effrayait.

Il était presque arrivé en haut de la colline lorsqu'une de ses chaussures resta plantée dans la neige, le talon accroché sous un vieux tronc.

— Putain de Dieu ! Manquait plus que ça !

Finir la nuit avec les pieds trempés, c'était tout sauf une bonne idée.

— Cette fois tu vas m'entendre, saloperie de clebs !

Casquette pestait en fouillant la neige autour de lui. Il lutta quelques minutes pour décoincer sa chaussure, mais un bruit inhabituel lui fit oublier le froid glacial qui envahissait son pied et tourner la tête vers le sommet de la colline. Virgile ne grognait plus, il poussait des hurlements entrecoupés de gargouillis organiques, comme s'il s'acharnait sur une proie avec la ferme intention de la dévorer. Casquette parcourut pied nu les derniers mètres qui le séparaient du sommet de la colline. Au loin, les lumières de Paris illuminaient le ciel et donnaient à la scène une étrangeté presque irréelle.

— Nom de Dieu de merde !

Les yeux du vieux SDF se révulsèrent lorsqu'il réalisa qu'il n'y avait plus de neige là où il se trouvait. Le sol était couvert de sang. Un sang tiède qui commençait à imbiber sa chaussette.

À quelques mètres de lui, Virgile mordait à pleines dents un cadavre de femme. Il avait attaqué un mollet et des lambeaux de chair se détachaient sous les crocs du chien excité par le goût du sang. Il n'avait jamais vu Virgile dans un tel état de frénésie.

— Arrête, putain ! Virgile arrête !

Le molosse se retourna vers son maître dans un râle effrayant. Ses crocs sanguinolents lui donnaient l'air d'une bête tout droit sortie des enfers.

Les doigts de Casquette se crispèrent sur la bombe qui déversa son gaz frelaté sur les yeux de son seul compagnon. Virgile ne demanda pas son reste et partit en couinant, laissant derrière lui une traînée pourpre. Casquette avait les yeux collés par le froid et les larmes. La sueur perlait à grosses gouttes sur son front et il était désormais seul face au cadavre déchiqueté. Retrouvant les réflexes de son ancienne vie, il chercha le pouls de la femme. En cas d'arrêt cardiaque, il était encore capable de réaliser les gestes qui sauvent. Ses mains se placèrent de manière à retourner son visage qui gisait face contre terre. Mais c'était trop tard. Il n'y avait plus rien à faire pour elle depuis longtemps. On lui avait arraché les yeux et elle ressemblait désormais à une poupée maléfique. Les larges orbites sanglantes n'étaient plus que des orifices noirâtres. Des abîmes horribles qui semblaient prêts à le dévorer. Il fit un bond en arrière pour s'éloigner du cadavre. Une décharge brûlante lui déchira l'estomac et remonta dans son œsophage. Il était sur le point de vomir lorsqu'un bruit le fit se retourner.

Quelque chose respirait derrière lui, laissant échapper un mince nuage de fumée. Une silhouette était accroupie à quelques mètres, cachée par les branchages tordus d'un genêt.

La gorge du vieux SDF se serra lorsqu'il aperçut le reflet qui scintillait sur la lame d'un poignard.

Il fixa la mort en face…

2

Noël à Paris, c'est la déprime assurée. C'est en tout cas ce que pensait Anna en regardant les quelques guirlandes électriques qui décoraient la rue des Écoles. Contrairement aux idées reçues, Paris n'est pas une ville qui sait faire la fête. Passé l'avenue des Champs-Élysées et le parc Disney, la magie de Noël se limite à un génocide de sapins dont on aperçoit les cadavres abandonnés sur le bitume dès le premier janvier.

— Maman ? Le feu est vert. Tu dors ?

Nathan, neuf ans, visage d'ange et yeux noirs perçants, fixait sa mère avec gravité.

— Et on est encore en retard en plus !

Anna jeta un coup d'œil dans le rétro : un gros 4x4 noir lui faisait déjà des appels de phares, un miracle qu'il ne soit pas passé au klaxon. Elle appuya sur l'accélérateur et laissa ses réflexions sur Noël à l'angle de la rue Monge.

Anna avait inscrit son fils à l'école privée de la Montagne Sainte-Geneviève, située non loin de leur appartement parisien du cinquième arrondissement.

Elle aurait pu l'accompagner à pied, mais Anna détestait les transports en commun. Elle considérait le métro comme la quintessence du malaise urbain. Un lieu de non-vie où s'expriment les facettes les plus sombres de l'être humain, de l'indifférence à la violence verbale ou physique. Anna avait toujours pensé que si Goethe avait été parisien, il aurait situé l'enfer de Dante sur la ligne 13.

— Ce soir, c'est papa qui passe te prendre.

Aucune réponse derrière. Nathan fixait la rue, les yeux pleins de sommeil.

— Tu sais, j'ai une grosse journée d'inventaire et je risque de rentrer tard.

Anna jeta un coup d'œil rapide vers son fils. Depuis que les rapports entre Alain et elle s'étaient tendus, il ne souriait plus comme avant. Sa maîtresse d'école avait même convoqué Anna pour lui signaler qu'il était plus effacé que d'habitude. Elle avait feint de ne pas comprendre, mais elle savait très bien que leurs disputes incessantes le perturbaient. Voir ce petit visage se refermer était une souffrance supérieure à tout ce qu'on peut imaginer.

— Tu me promets que tu ne feras pas trop de jeux vidéo en rentrant ?

— Promis.

— Juré ?

— Je t'ai dit que oui !

Promesse sans conviction qui avait peu de chance d'être tenue.

Clignotant, rapide créneau et les voilà face à l'entrée de l'école où une horde d'enfants s'engouffrait déjà au pas de course.

Nathan se pencha vers sa mère et lui déposa un discret baiser sur la joue. Ce contact, de plus en plus rare depuis qu'il avait grandi, fit immédiatement remonter à Anna la nostalgie des premières années, lorsque Nathan n'était qu'un bébé et que la vie lui paraissait plus stable, plus belle.

— Ugo m'a invité à son anniversaire… Je peux y aller, m'man ?

— C'est quel jour déjà ?

— Samedi prochain… On ira peut-être au skate parc… d'accord ?

Le skate, une passion récente qui avait envahi la vie de son fils et entraîné Anna dans toutes les boutiques spécialisées de la capitale. Sur le « board » qu'il avait imploré qu'elle lui achète, on pouvait lire « Skate or Die » en caractères gothiques, encadré de deux démons aux ailes noires. Imaginer Nathan glissant sur le bitume entre les voitures l'empêchait parfois de dormir, mais c'était la seule activité qui lui rendait le sourire, alors…

— Oui mon chéri. *Skate or Die !*

— Merci m'man ! Trop cool !

Nathan l'embrassa à nouveau, cette fois avec plus de conviction. Elle profita encore quelques secondes de la présence de ce petit être pour lequel elle aurait tout donné.

— Travaille bien, mon poussin.

Claquement de porte. Nathan était déjà dehors à retrouver ses copains. Il disparut dans l'enceinte de l'école et laissa sa mère seule au volant. Elle fixa quelques secondes les enfants dont le flot commençait à tarir. La sonnerie signalant la fermeture des portes retentit, il était temps de partir, de retrouver son travail, son train-train, sa solitude. Anna accéléra doucement et tourna le volant vers la droite pour s'engager sur le boulevard. Elle ne vit pas le semi-remorque qui remontait la rue à toute vitesse.

En une fraction de seconde, l'impact réduisit sa voiture en un grotesque amas de métal, de plastique et de chair. Une violente douleur lui transperça le dos et le visage lorsqu'il heurta le pare-brise. Puis, le temps entier s'arrêta…

3

Je suis morte.

C'est la première pensée qui émergea dans l'esprit d'Anna.

Si je ne suis pas morte, je serai handicapée à vie. Qui s'occupera de Nathan ? Je ne peux pas le laisser comme ça, seul au monde.

Anna ne savait pas où elle se trouvait. Sans doute dans la carcasse de sa voiture disloquée par la violence du choc. Ou alors elle était à l'hôpital, plongée dans le coma. Instinctivement, elle essaya de se redresser pour regarder ses mains. Elle se sentait étrangement légère, la douleur avait disparu. Tout autour d'elle n'était qu'obscurité et les formes qu'elle apercevait semblaient déformées comme dans ces glaces de fêtes foraines qui amusent les enfants.

Quelque chose ne collait pas : ses mains n'étaient pas là. Pourtant, Anna pouvait les sentir. Elle bougeait ses doigts, tentait d'apercevoir son corps, mais sa faible vision ne lui renvoyait aucune image. Elle remarqua alors la lumière en dessous d'elle. À une dizaine de mètres, un point blanc éclairait quelque chose, comme une poursuite lumineuse sur la scène d'un théâtre. Elle se concentra et la vision devint plus claire. Il s'agissait d'une voiture. Sa voiture. Le semi-remorque avait emporté tout le côté droit de la carrosserie dont les morceaux jonchaient le boulevard. À l'intérieur du véhicule éventré, plusieurs silhouettes s'activaient. Elle se concentra et eut l'impression de flotter vers le bas. Elle apercevait maintenant son corps, encastré entre le siège et le volant. Les pompiers découpaient la tôle avec une pince pour lui permettre de se libérer de son linceul de fer. Il y avait du sang, beaucoup de sang. Un des pompiers lui faisait une piqûre d'adrénaline.

Je suis morte, pensa à nouveau Anna. Pourtant, elle était bien là, consciente, et elle voyait la scène se dérouler en dessous d'elle comme on assiste à un film. Elle flottait maintenant à trois mètres du sol et apercevait tous les détails.

Sur le trottoir, la directrice d'école et quelques enseignantes fixaient la voiture. Elle connaissait bien la directrice. C'était une femme aride au premier abord, mais avec un grand cœur. Elle pleurait à chaudes larmes. Une camionnette blanche du SAMU arriva sur le lieu de l'accident. Les pompiers avaient visiblement libéré son corps. Anna réalisa tout d'un coup qu'elle ne percevait aucun son. Elle se sentait comme dans un cocon, protégée de la douleur, du bruit et du froid. Pourtant, elle n'avait pas l'impression que son expérience se déroulait dans un monde silencieux. Au loin, elle avait l'impression d'entendre une musique. Quelques accords aériens qui emplissaient l'espace. Elle n'avait jamais rien entendu d'aussi beau.

Cette mélodie fantôme lui procura immédiatement une impression de bien-être, de sérénité.

En bas, les pompiers transportaient précautionneusement son corps sur un brancard. Qu'allait-il se passer ? Allait-elle suivre ce corps brisé jusqu'à l'hôpital ? Ou bien serait-elle condamnée à errer sur place comme une âme en peine ? Anna commençait à s'habituer à cette forme légère, ce corps éthéré qui formait un bouclier contre la douleur et la peur.

C'est alors que les accords jusque-là parfaits de la musique commencèrent à dérailler en une symphonie asynchrone. La lumière blanche et paisible qui la baignait depuis le début de son expérience s'assombrit peu à peu. Anna se sentit aspirée vers le haut. Elle tourna sa tête invisible vers le ciel et découvrit un immense tunnel qui s'ouvrait au-dessus d'elle. Un tunnel de lumière noire… Elle lutta quelques secondes pour rester au niveau du sol, mais en vain. Le tunnel la réclamait comme l'œil d'un cyclone affamé. Alors qu'elle rentrait à l'intérieur, elle entendit des chuchotements.

27, 27, 27, 27...

Un simple nombre prononcé en boucle. Une litanie entêtante qui lui martelait maintenant l'esprit.

Un profond et puissant malaise s'empara d'elle.

Je suis morte. Je vais en enfer !

Anna n'avait jamais été croyante, pourtant, à ce moment décisif où elle naviguait aux portes de la mort, elle sentait que toutes les religions avaient raison. Il existe quelque chose au-delà de la vie. Quelque chose d'effrayant.

Tout s'accéléra. Elle avait l'impression d'atteindre

des vitesses vertigineuses, plus rapides que la lumière. Le tunnel de lumière noire s'allongeait à l'infini. Anna ferma les yeux, espérant que tout cela allait s'arrêter, qu'elle allait se réveiller dans sa chambre d'hôpital. Mais non. Son long et pénible voyage au cœur du tunnel n'en finissait pas. Elle avait perdu toute notion du temps et ce moment aurait pu durer l'éternité autant qu'une fraction de seconde. Anna était terrorisée.

Mon Dieu, si vous existez, aidez-moi...

Mais aucun miracle ne se produisit. Aux chuchotements vint s'ajouter la désagréable sensation d'être touchée par des mains invisibles qui tentaient de l'agripper. Anna se mit à hurler.

Arrêtez ! Je vous en supplie, arrêtez !

Aucun son ne sortit de sa bouche. Soudain, une lumière blanche irréelle apparut au bout du tunnel. Était-ce la fin de son calvaire ? Au fur et à mesure qu'elle se rapprochait, Anna distingua une silhouette, celle d'un homme petit, trapu, portant une courte barbe et des lunettes. Elle flottait maintenant non loin de lui et il la regardait fixement. Anna ne connaissait pas cet homme, mais elle allait avoir des réponses, c'est tout ce qui lui importait.

— Je suis morte ?

L'homme lui répondit sans montrer la moindre émotion :

— Tu as failli, mais tu n'es pas morte, tu peux t'estimer heureuse.

— Alors où sommes-nous ?

— Au passage entre les mondes.

— Qui êtes-vous ? Qu'est-ce que je fais là ?

L'homme la fixait sans répondre. Quelque chose

dans son visage inquiétait Anna. Elle sentait une haine froide émaner de tout son être.

— Tu es ici, car c'est le seul endroit où je peux te parler pour l'instant.

Tout se bousculait dans sa tête. Si elle n'était pas en enfer ou au paradis, où était-elle ? Et qui était cet inconnu ?

— Je ne comprends pas… J'étais dans ma voiture et…

— Je suis venu t'avertir de quelque chose. Tu ferais mieux de la fermer et de m'écouter, on a peu de temps à passer ensemble tous les deux, alors autant en profiter, non ?

Il lui avait coupé la parole avec hargne. Son regard était devenu subitement noir de haine.

— Écoute-moi bien, Anna, faut pas essayer de m'échapper… Où que tu sois, où que tu te caches, je te retrouverai.

— Pourquoi ? Qui… qui êtes-vous ?

— Mon nom n'a pas d'importance, y a qu'un seul truc qu'il faut que tu saches, dit-il en souriant. Je vais te tuer…

4

« La lumière s'avançait vers moi… elle avait pris la forme d'un homme. Et pourtant, ce n'était pas un homme, c'était une présence qui irradiait. Je veux dire, il y avait la lumière, radieuse, d'une teinte dorée, et à l'intérieur, il y avait cette silhouette. Je n'avais aucune idée de qui cela pouvait être, vous comprenez, mais c'était la première personne que je voyais depuis mon accident. La présence avança, se présenta à moi, et plus elle s'approchait, plus je pouvais sentir l'amour grandir… »

Témoignage de Roger C.,
patient du professeur Philippe Roody.

Néons blancs d'une chambre d'hôpital. Anna ouvrit les yeux sur le monde réel. Où se trouvait-elle ? Qui était cet homme ? Pourquoi l'avait-il menacée ? Les questions sans réponses se bousculaient dans sa tête. Et puis tout cela disparut pour quelque chose de beaucoup plus concret. Une douleur déchirante lui tenaillait le dos, les jambes, le front. Elle tenta de se redresser, en vain. Ses mains cherchèrent le rebord du lit médicalisé à la recherche d'un appui. Elle saisit une petite poignée en métal et contracta les muscles de ses abdominaux, déclenchant une réaction en chaîne de douleur tout le long de sa colonne vertébrale qui eut pour effet de ruiner ses efforts. Elle décida alors de se concentrer sur ses jambes et constata qu'elle arrivait à les bouger avec plus de facilité. Soupir de soulagement, au moins, elle n'était pas paralysée. Son regard se déporta sur le côté et balaya la chambre aux murs vert bouteille. Aucun mobilier à part une desserte en métal sur laquelle elle apercevait un ramequin en plastique. Son regard se porta sur son bras d'où sortait le mince tube d'une perfusion raccordée à une poche de liquide physiologique.

Depuis combien de temps suis-je là ?

Rien dans la chambre ne permettait de le dire.

J'ai déposé Nathan le matin du... 13 décembre... Lundi 13 décembre... Une semaine après on devait fêter Noël dans la famille d'Alain.

Anna tenta de tourner sa tête vers la droite. La douleur, toujours aussi présente, lui donnait l'impression d'avoir les nerfs cervicaux à vif. Elle réussit juste assez pour apercevoir une petite table de chevet sur laquelle un bouquet de fleurs, une peluche et une petite carte étaient posés. Elle lutta pour attraper la carte et la colla devant ses yeux.

« Joyeux Noël Maman, guéris bien, je te donne mon vieux doudou. Je t'aime. Nathan. »

Les larmes lui montèrent aux yeux. Elle retourna la carte et aperçut une date inscrite à la main. 26 décembre 2013.

26 décembre ! Elle était restée presque quinze jours

dans les limbes. Pourtant, son voyage dans la lumière noire lui avait paru quasi instantané.

La poignée de la porte coulissa lentement et une jeune infirmière en blouse bleue entra en poussant un chariot. Elle aperçut Anna et son visage s'anima brusquement.

— Vous êtes réveillée, c'est super ! Comment vous sentez-vous ?

Anna voulut répondre, mais aucun son ne sortit de sa bouche.

L'infirmière vint se poser sur le côté du lit et actionna une petite alarme à main qui pendouillait du plafond.

— Ne vous inquiétez pas… Vous êtes restée deux semaines dans le coma. Le docteur va venir vous voir.

Deux semaines de coma ! C'était donc ça l'univers dans lequel elle avait sombré durant son accident. Dire qu'elle avait toujours cru que les gens dans le coma vivaient une sorte de sommeil paisible.

L'infirmière lui plaça le bandeau en tissu d'un tensiomètre autour du bras et posa quelques électrodes pour mesurer ses constantes.

— Mon fils, Nathan… Il va bien ?

Les mots étaient sortis de sa bouche sans qu'Anna ne s'en rende compte. Ils avaient un goût de sang et d'acier.

— Votre fils est venu vous voir presque tous les jours ! Il est très gentil.

Anna sourit. L'évocation de son fils lui faisait l'effet d'un shoot de morphine.

— Vos constantes sont excellentes, dites donc ! Ça va aller mieux, vous allez voir.

La porte s'ouvrit brusquement et deux médecins en blouse blanche entrèrent. L'un d'eux portait une sorte de bandana sur les cheveux.

— À quelle heure s'est-elle réveillée ?

— Je ne sais pas exactement. J'ai fait ma dernière ronde à 11 heures. Je viens juste de m'en rendre compte.

Le médecin sans bandana quitta l'infirmière pour s'adresser à Anna :

— Bonjour madame Renucci, je suis le professeur Beck… Vous êtes à l'hôpital Raymond-Poincaré… Vous avez eu un accident.

Le médecin prenait des pincettes pour éviter de la brusquer et Anna était incapable de lui dire qu'elle savait déjà tout ça. Elle avait assisté à la scène perchée à trois mètres de hauteur ! Face à son silence, il se retourna vers l'infirmière.

— Elle a parlé ?

— Elle a demandé des nouvelles de son fils, mais sinon rien.

Le médecin fit un signe à son homologue au bandana, l'anesthésiste, et échangea quelques mots qu'Anna était incapable d'entendre. Puis il revint vers elle.

— J'imagine que vous devez vous sentir un peu désorientée. Nous avons dû vous placer dans un coma artificiel pour opérer vos blessures. Vous avez été sérieusement touchée à la colonne vertébrale. Mais tout va bien maintenant. Vous serez bientôt sur pied.

— Que s'est-il passé ?

Une fois de plus, les mots étaient sortis sans qu'Anna s'en rende compte. C'était comme si elle les avait pensés.

— Votre voiture a été percutée par un camion. Visiblement, il roulait trop vite. Vous avez eu de la chance de ne pas avoir de passager.

Et comment ! Si Nathan avait été là, son corps serait dispersé sur l'avenue avec les restes de la voiture. Elle ne s'en serait jamais remise.

— Comment vous sentez-vous ?

— Mal.

— C'est tout à fait normal. Votre organisme a fonctionné au ralenti depuis deux semaines et nous avons endormi toutes les zones actives de votre cerveau.

Toutes sauf celles qui ont décidé de la projeter dans la quatrième dimension et de lui présenter un gentil croquemitaine !

— Tout va aller pour le mieux maintenant, madame Renucci. Ça va revenir, doucement, mais sûrement…

Les deux médecins souriaient, l'infirmière souriait, mais Anna, elle, avait le sentiment que tout ne serait pas si rose…

5

Trois côtes cassées, une microfissure de la troisième vertèbre lombaire et quelques hématomes. Pour l'équipe médicale, c'était un véritable miracle. Pour Anna, le début d'un calvaire. D'un côté, il y avait la douleur qui apparaissait soudainement au moindre mouvement brusque ; de l'autre, l'impatience de reprendre une vie normale et de retrouver sa famille après presque un mois d'hospitalisation. Alain et Nathan venaient la visiter quasi quotidiennement, mais ces visites se transformaient en souffrance lorsque son fils, invariablement, lui lançait ce petit regard triste et perdu au moment de la quitter. Alain avait pourtant eu un comportement exemplaire. Il prenait sur lui pour tout gérer à la maison et rien n'avait encore filtré des différends qui les opposaient avant l'accident. Mais on ne remplaçait pas une maman comme ça.

Et puis il y avait le tunnel de lumière noire.

Toutes les nuits, Anna revoyait des images de son étrange voyage à travers l'espace et le temps. Tout d'abord la musique rassurante, puis l'angoisse des chuchotements.

27, 27, 27...

Et enfin la menace.

Je vais te tuer.

Anna avait tout essayé pour s'enlever ces souvenirs de la tête, mais rien n'y faisait. Quelque chose au fond de son esprit repassait en boucle son voyage entre les mondes. La moindre sieste, le moindre assoupissement voyait émerger la musique, le tourbillon noir et l'angoisse. Anna dormait de moins en moins, il fallait que ça cesse. Elle allait sortir dans une semaine et elle se retrouverait seule avec ses questions, ses angoisses et ses doutes.

L'eau chaude de la douche ruisselait sur sa peau. Pour la première fois depuis son accident, elle observait son corps dans le miroir de sa petite salle de bains. L'acier distordu avait compacté la voiture et écrasé son siège contre le tableau de bord, brisant au passage trois de ses côtes. Sa main parcourut son ventre blanc et toucha précautionneusement la fine cicatrice qui marquait l'endroit où les os avaient percé la chair. À quelques centimètres au-dessus de son pubis, une ligne blanche s'étendait à l'horizontale. Souvenir d'un accouchement douloureux, Nathan était né par césarienne avec un mois d'avance. Ses mains remontèrent jusqu'à ses tempes où les chirurgiens avaient dû recoudre une bonne partie du cuir chevelu arraché par les débris de verre. Perdues dans son épaisse crinière noire, les marques de son scalp ne se voyaient presque pas. Elle se retourna pour apercevoir son dos. Juste à la limite de ses fesses, une courte, mais épaisse cicatrice marquait la dernière trace visible d'une opération délicate afin de consolider sa vertèbre fissurée.

Je suis en pièces. Alain ne me désirera plus jamais.

Depuis son réveil, elle alternait phases d'euphorie et de déprime profonde, un phénomène « classique » d'après le docteur Gilbert, le psychologue qui était venu la voir à deux ou trois reprises. Certaines victimes d'accident de voiture culpabilisent même d'être en vie lorsqu'un de leurs proches décède. Dans son malheur, Anna pouvait s'estimer heureuse.

Je suis vivante. Nathan est vivant. La vie continue.

Elle avait du mal à y croire. Anna savait qu'elle ne pouvait pas faire comme si de rien n'était. L'accident existait, la lumière noire existait, les menaces aussi. Il fallait qu'elle en parle à quelqu'un.

Le bureau de permanence du professeur Beck se situait tout au bout de l'allée principale du service de chirurgie orthopédique. Anna avait échangé sa blouse bleu ciel pour un jean moulant et un petit débardeur en coton pioché dans les affaires qu'Alain avait ramenées de la maison. On avait beau être au mois de janvier, il faisait toujours chaud à l'hôpital. Elle scruta le va-et-vient des internes dans l'attente d'un moment d'intimité. Ce qu'elle avait à dire n'était pas une expérience facile à transmettre. Lorsque plus aucune blouse blanche ne papillonna autour du bureau, elle prit son courage à deux mains et entra. Beck se tenait face à l'écran d'un ordinateur sur lequel il lisait le dossier d'une patiente.

— Je ne vous dérange pas ?

— Pas du tout, Anna ! Comment allez-vous aujourd'hui ?

L'homme d'une soixantaine d'années avait les tempes grisonnantes, le front haut et dégarni. De fines rides au coin des yeux trahissaient un naturel joyeux. Une qualité lorsqu'on est chirurgien.

— J'ai un peu mal à la hanche, mais globalement je suis en forme.

— Et vous sortez à la fin de la semaine, le 10 janvier pour être exact.

— Normalement, oui.

Anna tournait en rond. Elle devait lui parler.

— Je peux vous aider ? Vous avez l'air inquiète. Les patients le sont souvent avant de quitter l'hôpital. On est un peu comme dans un cocon ici, mais tout va bien se passer, vous allez voir.

C'était le moment de se lancer.

— Je… Je voulais vous parler de quelque chose… Quelque chose qui s'est passé au moment de mon accident.

Beck pivota sur sa chaise, abandonnant définitivement son travail en cours. Elle avait capté toute son attention.

— Je vous écoute.

Et Anna raconta son expérience en détail. Elle tenta de rester la plus fidèle possible à ses souvenirs, de n'omettre aucun événement, aucune sensation. Beck écouta avec intérêt, posant par moments quelques questions. À la fin du récit, Anna se sentit libérée. Elle avait aussi terriblement peur de sa réponse.

— C'est très impressionnant !

— Ça, on peut le dire.

— Vous en avez parlé à quelqu'un ?
— Vous êtes le premier.
— Même pas à votre mari ?
— Même pas.
— Eh bien Anna, je vais vous étonner, mais je dois vous dire que vous n'êtes pas la première personne à me raconter ce genre d'histoire.
— Vraiment ?
— Oui… Ces expériences sont assez fréquentes chez les gens qui frôlent la mort. Mais cela reste quelque chose d'intime et nous en parlons rarement aux familles.

Anna ne savait pas quoi penser. D'un côté, elle était rassurée d'apprendre qu'elle n'était pas la seule, de l'autre elle se sentait encore plus perdue. Elle avait l'intuition que ce voyage était un message qui lui était personnellement adressé. La réponse du chirurgien la laissait sur sa faim.

— Certains scientifiques s'intéressent à ce phénomène, vous savez. Il existe même des groupes de discussion animés par des patients.
— Vous en connaissez ?
— Non. Mais vous pouvez demander au docteur Gilbert. Je suis certain qu'il pourra vous orienter. Ce genre de groupe est très utile lorsqu'on a vécu un événement aussi traumatisant. Ça peut vous aider à évacuer le stress.
— Merci professeur, vous m'avez sauvé la vie.
— Oh, je n'ai fait que mon travail, vous savez. Et puis vous êtes une jeune femme pleine d'énergie, vous aussi vous avez fait votre part du travail.

Dans un élan irrépressible, Anna lui sauta au cou pour l'embrasser sur la joue. Elle avait les larmes aux yeux.

— Courage Anna… et n'oubliez pas de parler à Gilbert !

Il devait passer en fin de semaine pour faire un bilan avant sa sortie définitive. Anna ne perdrait pas cette occasion d'en savoir un peu plus.

6

Le retour à la maison fut plus difficile que prévu. Anna était heureuse de retrouver son fils et le confort de son appartement parisien du quartier Mouffetard, mais son séjour à l'hôpital avait épuisé toutes ses forces. Elle venait d'enchaîner quatre semaines de nuits sans sommeil, ponctuées par les réminiscences de son voyage dans l'autre monde et les visites nocturnes des infirmières. Elle était sur les rotules. Alain faisait son possible pour la décharger de tout travail domestique, mais cela ne suffisait pas. La fatigue et le stress avaient profondément entamé sa réserve de patience et la moindre remarque la faisait partir au quart de tour. D'aussi loin qu'elle s'en souvienne, elle avait toujours su maîtriser parfaitement ses nerfs et ses excès d'humeur. Son masque social était celui d'une femme dynamique et souriante, toujours prête à écouter les autres, à se mettre à leur place. Un modèle d'empathie. Cette femme était restée dans l'épave d'acier et de chair, morte pour de bon. Désormais, Anna se sentait plus impulsive, plus proche de sa véritable nature : bouillonnante.

Ce changement de caractère l'inquiétait, car elle avait parfois l'impression de ne plus se connaître et d'écouter parler une étrangère. Le docteur Gilbert l'avait mise en garde contre ce type de réaction. Un traumatisme comme celui qu'elle avait subi pouvait entraîner des modifications d'humeur profondes, des colères violentes et même une dépression. Vaste programme.

Heureusement, il y avait Nathan. Retrouver son enfant, c'était comme retrouver la lumière. Lorsqu'elle était avec lui, elle n'avait plus peur du tunnel noir, des voix et du croquemitaine barbu.

— Maman, t'es encore dans tes rêves !

Nathan l'observait avec des yeux de merlan frit. Il était tout nu dans son bain et, à voir la chair de poule qui hérissait les poils de son duvet, cela faisait un bon moment qu'il attendait que sa mère lui donne la serviette qu'elle tenait entre ses mains.

— Excuse-moi, mon chéri.

Ses absences, comme des microsiestes éveillées, se faisaient de plus en plus fréquentes. Elle frictionna le dos et les jambes de son fils avec lenteur, le moindre effort lui demandait encore beaucoup trop d'énergie.

— T'es pas obligée de faire ça, tu sais, j'suis plus un bébé.

— Je sais, mais ça me fait du bien de m'occuper de toi. Ça te dérange ?

Nathan fit non de la tête en se serrant contre elle.

— Maman, qu'est-ce que tu vois dans tes rêves ?

— Rien du tout, mon cœur.

Si tu savais, toi non plus tu ne dormirais plus…

Il y avait aussi cette petite voix intérieure, comme

venue du tréfonds de son être, qui commentait de plus en plus tout ce qu'elle disait ou vivait. Non, tout n'allait pas pour le mieux, comme les médecins avaient essayé de lui faire croire.

La télévision du salon diffusait les images chatoyantes d'un dessin animé. Habituellement, Anna n'encourageait pas son fils à allumer la télé. Entre l'ordinateur et la tablette de son père, la domination des écrans était complète et sans partage. Il en était de même dans la plupart des foyers, mais cela ne consolait pas Anna qui avait été élevée dans l'amour de la lecture. Pour elle, comme pour beaucoup de parents, dessins animés, séries télé et jeux vidéo n'étaient que du temps perdu. Pourtant, depuis son retour elle avait pris l'habitude d'occuper Nathan de cette façon pendant qu'elle cuisinait. Cela lui permettait de rester dans ses pensées et de réfléchir en boucle à ce qui lui était arrivé. La porte claqua doucement, Alain rentrait de son cabinet.

— Ça va, ma chérie ?

Il passa derrière Anna et lui serra la taille tout en l'embrassant sur la nuque. Le contact humide et froid de ses lèvres la dégoûta instantanément et elle se dégagea. Alain remarqua son geste sans pour autant marquer le coup. Il avait l'habitude.

Alain était un homme au physique fin et au visage un brin féminin. Ses longs cheveux blonds et ses petites lunettes lui donnaient un charme tout en douceur. Elle l'avait rencontré à vingt-quatre ans et leur relation avait tout de suite été passionnelle. Mais les années de bonheur s'étaient peu à peu estompées pour une réalité moins idyllique. La vie n'épargnait personne, pas même les amoureux, et la fausse couche tardive d'Anna, deux ans après la naissance de Nathan, avait brisé quelque chose dans leur couple et entraîné une lente déchéance. Mais par-dessus tout, Anna ne pouvait pas oublier la trahison d'Alain…

— J'ai vu Edward à midi. Il t'embrasse.

Qu'il crève ! pensa Anna.

Edward, le gentil Edward, était un vieux copain d'Alain. Il avait fait ses études de dentiste et ouvert son premier cabinet avec lui. Le souci, c'était son addiction aux jeux d'argent. Poker en ligne, paris, jeux de hasard, il claquait la moitié de son salaire pour se procurer son adrénaline quotidienne et nourrir ses espoirs de richesse. Une addiction qui avait d'abord ruiné sa vie professionnelle avant de déborder sur sa famille. Ils n'étaient plus associés, mais Alain continuait à le voir pour lui filer un coup de main quand il le pouvait. C'était Edward qui lui avait présenté « la gamine ».

Anna le détestait pour ça.

Musique du générique. Les rêveries animées de Nathan venaient de se terminer. La famille dîna autour de la table du salon, sans un mot. Une heure plus tard, Nathan était au lit après un long câlin avec sa mère, rituel qu'il avait abandonné depuis ses six ans, mais qui était redevenu important après l'accident.

22 heures. Extinction des feux. Anna avala le demi-comprimé de Xanax prescrit par Gilbert pour l'aider à trouver le sommeil et fila sous la couette. Alain vint la rejoindre, bien décidé à briser le silence qui s'était instauré entre eux depuis son retour de l'hôpital.

— Je fais tout ce que je peux, tu sais…

— Je sais.

— Mais ça ne suffit pas.

Il faisait des efforts surhumains pour éviter que des pointes d'énervement ne transparaissent dans sa voix.

— Ça n'a rien à voir avec toi. C'est moi.

— Ne dis pas ça. Je sais que ça a à voir avec moi. Tu ne m'as jamais pardonné. Et on dirait que c'est encore pire depuis ton accident.

— Tu sais très bien ce qui s'est passé, Alain… Non, je ne t'ai jamais pardonné.

Les mots étaient secs, froids, comme la morsure d'un serpent. Alain n'avait rien à dire, rien à défendre. Cette conversation, ils l'avaient déjà eue mille fois.

— On en a déjà parlé, Anna ! J'ai déconné, j'ai été faible ! Tu ne peux pas me reprocher ça toute ma vie ! Après ce qui vient de t'arriver, l'important c'est qu'on soit là, bien vivants tous les deux ! C'est comme un nouveau départ !

— Mon enfant… notre enfant est mort… Je ne pourrai jamais oublier ça, c'est inscrit là, elle pointa son doigt sur son ventre, et ça fait mal !

— Tu veux dire que tu as fait ta fausse couche à cause de moi ?

— Je veux dire que si tu avais été avec moi plutôt que…

La voix d'Anna se brisa. Elle ne savait pas pour quelle raison elle était si dure avec lui après tant d'années. Cet imbécile d'Edward lui avait présenté une gamine, une étudiante qui arrondissait ses fins de mois en faisant croire à des messieurs qu'ils étaient encore séduisants. Alain ne s'était même pas rendu compte que c'était une escort. Elle imaginait sa tête lorsque la fille lui avait demandé de payer. Quatorze ans de vie commune et un enfant, elle aurait pu passer l'éponge, mettre ça sur le compte de son manque de libido pendant sa grossesse et sur la faiblesse des hommes, mais son bébé était mort.

Pas question de lui pardonner, qu'il crève !

La voix était sans appel. Anna commençait à bien l'aimer.

7

La neige partout. Mer froide parsemée de piques sombres dont les sommets ondulaient au gré du vent. La forêt s'étendait à perte de vue comme un territoire vierge et inexploré.

Qu'est-ce que je fais là ?

Anna était couchée sur le sol, les bras le long du corps, le visage tourné vers le ciel. Elle portait une robe légère et son corps tout entier frémissait au contact de la neige. Au-dessus d'elle, la voûte céleste, étonnamment dégagée, livrait un chaos d'étoiles.

Je rêve.

Anna tenta de se redresser, mais son dos lui infligea à nouveau une douleur atroce. Un blizzard rasant souleva un nuage de flocons qui vint lui fouetter le visage, la forçant à se protéger avec ses mains.

Je préfère encore le tunnel de lumière noire ! Si ça continue, je vais mourir de froid. Peut-on mourir dans ses rêves ?

Elle roula sur le côté et mit un genou à terre. En s'appuyant sur son tibia, elle réussit à soulever son corps douloureux et se leva. Tout autour d'elle, des arbres aux troncs noueux gelés par le froid. Elle observa les environs pour tenter de trouver un indice sur l'endroit où elle se trouvait. Rien. La forêt pétrifiée semblait ne pas avoir de fin.

Eh bien ma grande, il va falloir s'habituer aux rêves bizarres.

Elle décida d'avancer dans une direction, le nord, et s'aperçut qu'elle n'avait pas de chaussures. Étrangement, ses pieds ne la faisaient pas souffrir, comme si le tapis de neige n'était pas réellement là. Elle fit quelques pas en avant jusqu'à atteindre le tronc d'un immense chêne. L'arbre se dressait vers le ciel et ses branches transformées en piques de glace pointaient dans toutes les directions comme les bras d'une étoile. En fixant le tronc, elle aperçut un symbole gravé profondément dans l'écorce : une spirale.

Il faut choisir une direction et marcher tout droit jusqu'à la limite de ce foutu rêve.

Anna tentait de rationaliser la situation, c'est ce qu'elle avait toujours fait lorsqu'elle était confrontée à quelque chose qui sortait de l'ordinaire. Mais depuis son accident, cet exercice était devenu difficile. Comment rationaliser lorsqu'on a vécu l'irrationnel ?

Anna quitta l'arbre spirale pour s'enfoncer plus profondément dans la forêt. Sa gorge était sèche, nouée par le froid qui s'engouffrait dans ses narines à chaque pulsation du vent. Soudain, elle eut l'impression d'entendre quelque chose au loin. D'abord comme une sorte de respiration qui se mélangeait au blizzard. Puis la respiration se transforma en musique : LA musique fantôme.

Ça recommence !

Si la musique était là, c'est que tout le reste allait bientôt suivre. À chaque pas en avant, Anna s'attendait à voir surgir devant elle un tunnel de lumière noire qui allait l'aspirer dans ses entrailles de sensations éthérées avant de la recracher face à l'atroce croquemitaine. Elle arriva bientôt au pied d'une colline.

Ses paupières étaient collées et ses yeux ne formaient plus qu'une infime fente sur son visage. Elle tenta de se protéger avec ses mains pour observer le sommet.

Trois bouleaux glacés se dressaient tout en haut.

Je connais ce lieu.

L'idée était sortie de nulle part. Pourtant, Anna n'était jamais venue ici, elle aurait pu le jurer sur la tête de Nathan.

Elle sentit monter en elle le besoin primal de gravir la pente qui la séparait du sommet de la colline.

La musique commença à dérailler.

Ça y est, je suis bonne pour la totale !

Après des semaines à revivre son cauchemar, Anna avait décidé de dédramatiser le processus de réminiscence. Un peu comme le héros du film *Un jour sans fin*, elle était prête à revivre indéfiniment la même scène de sa vie. Alors, autant en rigoler.

C'est alors qu'elle remarqua une petite tache sombre sur la neige. Elle se pencha pour observer cette goutte de couleur perdue au milieu d'un océan immaculé. Du sang.

Anna porta ses doigts vers la tache et constata qu'ils étaient eux aussi couverts de sang. Elle plaça ses mains face à son visage, paumes vers le bas, et vit une longue traînée sanglante couler sur la neige.

Je me vide de mon sang.

Elle n'avait plus envie de rigoler du tout. Ce rêve n'était pas comme les autres. Elle avait peur.

Elle entendit un bruit au sommet de la colline. Quelqu'un se dressait face à elle. Anna reconnut immédiatement la silhouette petite et trapue. Le visage large, encadré d'une barbe taillée. Les yeux perçants sous de minces lunettes en acier. L'homme la fixait comme un prédateur observe sa proie, il tenait un poignard à la main. Anna sentit la peur l'envahir. D'abord une boule de chaleur qui lui dévorait le ventre pour remonter jusqu'à sa poitrine. Le souffle se coupe, les pupilles se dilatent. La respiration devient difficile… La peur envahit tout son corps, tout son espace et la plonge dans un état de paralysie totale. L'homme lui sourit.

— Tu as mis longtemps à venir me voir.

— Dites-moi qui vous êtes !

Anna avait peur, mais elle avait aussi besoin de comprendre. Elle ne pourrait pas supporter beaucoup plus longtemps ces rêves néfastes.

— Tu crois que j'ai envie de te faciliter la tâche ?

La voix de l'homme était dure, froide comme le tranchant d'un scalpel.

— Qu'est-ce qu'il y a là-haut ?

Anna pointa un doigt vers le sommet de la colline.

— Tu veux voir ? Viens.

L'homme lui fit signe de monter la rejoindre. Anna hésita quelques secondes, puis décida de vaincre sa peur. Ses mains continuaient à saigner le long de ses jambes. Elle sentait ses forces l'abandonner peu à peu.

— Dépêche-toi. Ce serait dommage de rater le spectacle.

L'homme la fixait avec un regard malsain. Ses doigts serraient le manche du poignard avec nervosité.

Anna mit une éternité à gravir les quelques mètres qui la séparaient du sommet. Sa robe, imbibée de sang, collait à sa peau et amplifiait l'impression de froid. Elle était toute proche et cherchait à apercevoir ce qui pouvait bien mobiliser l'attention de l'homme.

En un éclair, la silhouette au poignard vint se placer contre elle. Anna pouvait sentir son souffle froid tout contre sa nuque.

— Bon anniversaire, Anna.

Elle sentit une brûlure. Vingt centimètres d'acier venaient de pénétrer sa chair au niveau de l'abdomen. L'homme fit un geste de la main et le poignard remonta vers le haut. Muscles, tendons et nerfs furent tranchés nets par la lame qui buta contre les os de sa cage thoracique.

Anna tomba genoux contre terre, tenant son ventre pour empêcher ses entrailles de se répandre sur le sol.

Elle voulut hurler, mais aucun son ne sortit de sa bouche.

8

« Quand j'avais neuf ans, on m'a amenée d'urgence à l'hôpital à cause d'une mauvaise chute de vélo. La nuit suivante, j'étais inconsciente dans ma chambre et je me suis sentie sortir de mon corps et flotter à côté du plafond. J'étais convaincue d'être morte. Quelqu'un s'est approché de moi et une voix m'a murmuré à l'oreille qu'il s'agissait de mon père mort avant que je naisse. Il me faisait signe et il y avait une barrière devant lui. Je pleurais parce que j'avais compris que si je passais cette barrière, il n'y aurait plus de retour possible... »

Témoignage de Cathy R.,
patiente du professeur Philippe Roody.

— Madame, on est arrivés !

La voix de l'homme la fit sortir de sa torpeur. Le contact glacé de la vitre contre laquelle sa tête appuyait depuis le départ du taxi lui laissa une marque rouge vif sur la tempe.

— Ça fera 17 euros.

Anna jeta un regard vers l'extérieur. La façade en

briques rouges de Trousseau se dressait derrière les grilles délimitant l'enceinte de l'hôpital. Elle fouilla dans son sac à la recherche de son portefeuille et sortit un billet de vingt qu'elle tendit au chauffeur sans conviction. L'homme la dévisagea en prenant son billet et elle crut voir quelques secondes une lueur étrange dans son regard : de la pitié. Anna croisa son image dans le rétroviseur et comprit pourquoi. Elle était livide, les yeux cernés et sa chevelure noir ébène amplifiaient encore le tableau.

Une zombie... Une âme morte marchant parmi les vivants.

Il faut dire que la mort, fût-elle onirique, laisse toujours sa marque lorsqu'on la croise. Anna avait encore une boule dans le ventre, à l'endroit précis où la lame l'avait pénétrée.

Le conducteur lui rendit la monnaie et, geste rare, sortit de son véhicule pour venir lui ouvrir la porte.

Il doit croire que je vais faire un malaise.

Anna se dirigea vers l'entrée de l'hôpital. Trousseau se partageait en deux parties. D'un côté, les anciens bâtiments en briques rouges, élégamment dispersés autour d'un petit jardin aux arbres décharnés ; de l'autre, l'infâme construction récente, comme un kyste de béton dans le paysage, qui abritait les services et le matériel de pointe ainsi qu'une maternité de stade 4, c'est-à-dire dédiée aux cas difficiles.

Anna remonta une rampe en béton sur laquelle ambulances et camions de pompiers emmenaient des anonymes en direction des urgences. Combien de femmes enceintes sur le point d'accoucher avaient parcouru ces derniers mètres, poings serrés, muscles du périnée contractés, sous le regard compatissant de leurs maris ? Anna n'en savait rien, mais elle était certaine pour l'avoir expérimenté que ces douleurs n'étaient rien à côté du poignard qui vous fouille le ventre.

Elle se présenta dans le hall de la maternité face à un comptoir où deux infirmières passaient le temps.

— Bonjour, je viens pour participer au groupe du docteur Roody…

Une des infirmières la dévisagea comme si elle pensait qu'elle ferait mieux d'aller tout de suite aux urgences.

— Qui ça ?

— Le docteur Philippe Roody… Le groupe EMI. C'est bien ici ?

Visage interrogatif. Elle n'avait visiblement jamais entendu parler de ce groupe de discussion. D'ailleurs, Anna avait été étonnée d'apprendre que des gens ayant vécu des expériences de mort imminente se retrouvaient dans les locaux d'une maternité.

T'aurais préféré où ? Dans un cimetière ?

Décidément, sa petite voix intérieure avait de plus en plus d'humour.

L'infirmière consulta sa collègue, en pleine partie de *Candy Crush*. Elle lança un regard meurtrier vers Anna pour l'avoir interrompue. Elles échangèrent quelques mots puis elle revint vers elle et lui indiqua un couloir qui donnait sur un escalier s'enfonçant dans les entrailles de l'hôpital.

Le groupe de discussion se réunissait dans les sous-sols où un réseau de petites salles était destiné aux cours de préparation prénatale. Tout en lisant les noms des activités sur les portes, Anna ne pouvait s'empêcher de sourire.

Haptonomie, chant prénatal, sophrologie, yoga… Elle avait tout essayé pendant sa grossesse. Elle savait parler à son bébé, contrôler sa respiration, projeter son esprit dans une caverne de calme et de sérénité, contrôler chaque muscle de son périnée et pourtant, rien ne l'avait préparée à l'instant où son obstétricien était venu lui annoncer qu'elle descendait au bloc pour une césarienne en urgence. Le petit Nathan avait fait plusieurs épisodes de tachycardie et ses constantes vitales étaient dans le rouge. Elle avait été transférée en urgence de sa pouponnière vers le bloc par un tunnel souterrain humide et froid. Ensuite, ce fut la péridurale, la perte de sensation au niveau des jambes et des hanches puis le départ rapide vers une salle aseptisée où une demi-douzaine de blouses bleues se pressaient derrière le paravent de son champ opératoire. Alain n'était pas là, l'accouchement était prévu trois semaines plus tard et Anna s'était retrouvée seule face au médecin armé d'un bistouri. Non, on ne se prépare jamais à ça.

EMI, Professeur P. ROODY

Elle était arrivée à destination. Anna hésita quelques secondes avant de pousser la porte. Pourquoi était-elle venue, déjà ?

Pour comprendre ce qui cloche chez toi, ma vieille.

La voix ne faisait aucune concession, jamais. Elle entra.

La salle n'était pas très grande et relativement dénuée

de mobilier. Une table à l'entrée, quelques chaises au fond placées en cercle où une demi-douzaine de personnes étaient assises face à un homme. Le groupe avait commencé depuis une quinzaine de minutes, pas plus. En entendant la porte s'ouvrir, l'homme releva la tête vers Anna.

— Inscrivez votre nom sur le cahier et venez nous rejoindre.

Anna se dirigea vers la table où se trouvait grand ouvert un cahier à spirale avec une liste de noms. Elle prit le stylo posé à côté du cahier et remplit sans réfléchir la grille de présence : nom, prénom, adresse email, téléphone. Elle alla ensuite s'asseoir sur un siège situé en bout de cercle. Les visages des « expérienceurs », comme elle apprendrait plus tard qu'ils s'appelaient, se tournèrent vers elle. Anna fut immédiatement prise d'une étrange impression.

Ces gens sont illuminés !

Il y avait là hommes et femmes de différents âges ou origines, mais tous avaient en commun un élément. Une sorte de sourire intérieur qu'ils partageaient en ce moment même avec Anna pour lui souhaiter la bienvenue. Anna rendit un sourire mal à l'aise et l'homme prit la parole.

— Comme je le disais, je suis très heureux de vous avoir avec moi aujourd'hui pour participer à notre groupe de discussion.

L'homme avait une quarantaine d'années, des cheveux coupés courts poivre et sel et des yeux bleus perçants. Il portait un costume élégant et il se dégageait de lui une sorte de bienveillance et de douceur immédiate. Anna le trouva instantanément séduisant.

— *A priori*, vous avez toutes et tous vécu une expérience de mort imminente et nous sommes là pour en parler, sans jugement, sans contrainte. Avant de vous donner la parole, j'aimerais vous dire une chose : lorsque l'on frôle la mort et que l'on passe par les étapes d'une EMI, on a souvent l'impression d'être seul au monde…

Si seulement il savait comme il disait vrai. Depuis son accident, Anna se sentait comme une rescapée perdue sur une île déserte. Elle était condamnée à marcher en rond et son univers se résumait à ce tunnel de lumière noire.

— … Eh bien il n'en est rien. Nous sommes des millions dans le monde à témoigner de ce phénomène. De récentes études confirment que presque 30 % des gens ayant approché la mort ont vécu une expérience similaire. Vous êtes donc loin d'être les seuls. Il n'y a aucune raison de se sentir isolé.

Anna l'aimait déjà.

— Maintenant je vais vous donner la parole et nous allons, ensemble, nous rendre compte que nos expériences se ressemblent souvent.

Le professeur Roody se tourna vers la gauche, à l'opposé de l'endroit où Anna s'était assise, et encouragea le premier des expérienceurs. L'homme, un petit dégarni s'exprimant avec une pointe d'accent hispanique, relata son histoire. Il était tombé d'une fenêtre alors qu'il faisait des travaux de rénovation. Son voyage dans l'autre monde s'était déroulé entre le moment de la chute et l'impact sur le sol, douze mètres plus bas. Il évoqua l'impression d'être sorti de son corps, de flotter au-dessus de la scène, voyant son enveloppe matérielle chuter au ralenti. Il avait entendu la musique fantôme, aperçu une lumière blanche et une sorte de tunnel étincelant qui l'avait mené auprès d'êtres chers. À aucun moment il ne s'était senti en danger, au contraire, il y avait une présence rassurante qui l'accompagnait pendant son voyage. Arrivé au bout du tunnel, une entité qu'il avait identifiée comme sa mère lui avait expliqué que son heure n'était pas encore venue, qu'il devait se consacrer aux autres et faire le bien. Il avait alors réincorporé son corps et percuté le sol. L'homme considérait cette expérience comme une chance inouïe qui avait métamorphosé sa vie et fait de lui un homme nouveau. Plus stable, plus heureux.

Anna était sans voix. Elle regardait les visages des autres membres du groupe. Tous avaient un sourire niais et hochaient la tête ponctuellement, comme pour confirmer les dires de l'homme. Elle trouvait tout ça d'une mièvrerie sans nom.

Une grosse bonne femme, la soixantaine, prit la parole. Elle raconta comment, lors d'une opération délicate, les médecins avaient perdu son pouls pendant quelques secondes. Son EMI ressemblait beaucoup à la première à la différence près qu'une « entité lumineuse » qu'elle assimilait à Jésus, avait regardé avec elle le film de sa vie. Un montage court, mais intense, de tous les moments importants de son existence. Jésus l'avait ensuite prise par la main et menée jusqu'à une colline perdue dans un paysage bucolique où se trouvait une petite barrière. Il lui avait interdit de passer la barrière et l'avait encouragée à revenir dans son corps. Les témoignages suivants reprirent ces éléments, en rajoutant parfois quelques-uns, encore plus positifs et euphoriques. *Quid* du tunnel de lumière noire ? De la musique fantôme se transformant en opéra dysphonique ? Des voix inquiétantes murmurant des nombres sans signification. Et surtout, *quid* du tueur au bout du tunnel et de son poignard ? Anna n'en revenait pas. Des millions de personnes partageaient une expérience surnaturelle commune et la sienne n'avait rien en commun avec la leur. Était-elle la seule à avoir traversé la lumière noire ?

— C'est à vous…

Le regard bleu perçant du professeur Roody plongea dans celui d'Anna. Allait-elle casser l'ambiance en balançant sa rencontre avec le croquemitaine et son orchestre ? Anna sentit monter en elle une colère brûlante.

Ces gens vont bien, ils me font penser à ces femmes qui accouchent chez elles, le sourire aux lèvres alors que d'autres hurlent de douleur à l'hôpital. Comment pourraient-ils me comprendre ?

Sans même s'en rendre compte, elle avait déjà quitté sa chaise et traversé la salle. Derrière elle, le regard bienveillant de l'assistance ne la quitta pas. Seul le docteur Roody semblait inquiet…

9

Un manoir hanté. C'est ce qui venait à l'idée lorsqu'on voyait pour la première fois la façade de la bibliothèque Forney. Situé dans une bâtisse du XVe siècle, ce petit château gothique dressait ses hauts murs de pierre, ses tours en flèches et ses vitraux colorés face aux immeubles haussmanniens du quatrième arrondissement. La reine Marguerite de Valois, baptisée Margot par Dumas, y avait habité pendant un an. Elle avait contemplé la splendide vue sur la Seine, bien à l'abri de ses fortifications pendant que le peuple parisien devenait fou, égorgeant voisins et amis pour laisser dans l'histoire le tristement célèbre massacre de la Saint-Barthélemy. C'est là qu'Anna travaillait depuis trois ans, au milieu de deux cent mille livres consacrés à l'art sous toutes ses formes. Anna aimait l'ambiance médiévale des couloirs et des salles de lecture. La pierre épaisse des murs la rassurait, lui donnait l'impression que comme Margot, elle était à l'abri des violences du monde. Mais que faire lorsque les violences viennent de l'intérieur ?

La salle des archives se trouvait dans une large pièce éclairée par de fines meurtrières et découpée par une série de casiers en acier gris. Anna y passait une bonne partie de son temps, classant inlassablement les fiches grâce auxquelles les utilisateurs pouvaient demander l'accès à un livre. À Forney, seuls les périodiques et quelques ouvrages généralistes étaient en accès libre. Les entrailles de la bibliothèque situées dans un sous-sol aussi imprenable qu'un bunker contenaient une collection d'incunables dont les plus anciens dataient du XIIIe siècle.

Anna avait le privilège de pouvoir les consulter à volonté. Elle aimait par-dessus tout ces antiques témoignages d'un monde oublié. On y voyait des femmes en longues robes colorées et manteaux doublés d'hermine. À cette époque, les costumes étaient simples, mais les femmes exprimaient toute leur individualité par le soin apporté à leurs cheveux et leurs coiffures extrêmement diverses.

Anna se dit qu'elle devrait, elle aussi, changer quelque chose. Elle prit un rendez-vous mental avec son coiffeur. Ce besoin de changement avait émergé après l'accident et se répandait petit à petit à tous les détails de sa vie. D'abord sa garde-robe qui lui semblait désormais ringarde et triste. Les tailleurs, les pantalons, les chemisiers, les robes, tout était de couleur neutre ou sombre comme le reflet d'une âme morte. Elle aspirait maintenant à la couleur, à la vie. Ensuite la décoration de son appartement : la froideur géométrique des meubles suédois « à la mode » donnait une ambiance impersonnelle. Seuls quelques dessins de Nathan encadrés et disposés sur les murs apportaient une touche de chaleur. Comment avait-elle pu vivre aussi longtemps dans une chambre froide ? Alain avait été étonné de voir les premières livraisons de meubles, des achats qu'elle avait faits sur Internet de manière quasi frénétique. Buffet chinois laqué rouge vif et noir, desserte népalaise aux couleurs pastel peintes à la main, canapé aux motifs tziganes, rideaux en lin orange, leur salon était devenu une explosion de couleurs et de matières. Nathan avait adoré, gratifiant Anna d'un « *c'est cool, m'man* » qui lui avait réchauffé le cœur, Alain était sceptique. Il mettait cette brusque envie de changement sur le compte du traumatisme, un peu comme tout ce qu'il ne comprenait pas depuis l'accident. Et il y avait beaucoup de choses qu'il ne comprenait pas.

Anna se concentra sur l'ouvrage qu'elle était allée chercher dans la réserve : un traité sur les peintres surréalistes flamands du XVe siècle. Parmi ces hommes, un d'entre eux attirait particulièrement son attention : Jérôme, « Hyeronymus », Bosch. Bien connu pour ses œuvres sacrilèges où le péché et la damnation se mélangent à l'iconographie religieuse plus traditionnelle. Sa fascination pour une humanité corrompue condamnée aux éternels tourments de l'enfer le plaçait à la frontière de l'hérésie. Ses personnages caricaturaux aux faciès effrayants mis en scène dans des situations dantesques frappaient par leur réalisme de terreur.

Anna fixa son regard sur une œuvre en particulier, raison de ses recherches. On y apercevait des anges aux ailes rouges, noires ou blanches portant des hommes et des femmes nus dans un tunnel de lumière au fond duquel se trouvait une silhouette en contre-jour. *Ascension vers L'Empyrée*, peint par l'artiste au milieu de sa vie, était l'illustration parfaite de son expérience mystique. Elle dégageait une étrangeté froide et inquiétante dans laquelle Anna se retrouvait totalement au point de la faire frissonner. Le peintre avait-il, lui aussi, exploré cet entre-mondes invisible qui se dressait à la frontière de la mort ? En scrutant le moindre détail de l'œuvre de Bosch, Anna sentait à nouveau la colère monter en elle. Les recherches qu'elle avait faites sur les expériences de mort imminente démontraient l'aspect positif de ce voyage aux frontières de la mort comme un point commun majeur à tous les témoignages. Pourquoi était-elle différente des autres ? Pourquoi ce tunnel glacé de lumière noire là où tous les récits décrivaient une bienveillante et chaude lumière blanche ?

Claquement de porte derrière elle. Betty, une jeune femme aux cheveux blonds coupés au carré et à la silhouette fine se tenait à l'entrée de la salle.

— J'te dérange pas ?

— Non, répondit-elle en soupirant.

— On a besoin de toi là-haut. Y a un groupe d'étudiants.

— J'arrive !

Le ton était sec, énervé, presque cassant. Betty, une gentille fille plutôt réservée, fit la moue. Depuis son accident, Anna était moins patiente, plus à fleur de peau et ses collègues l'avaient remarqué. On essayait généralement de la ménager, et lorsqu'elle piquait une colère, on lui lançait un petit regard en coin qui signifiait « la pauvre, après ce qu'elle a vécu, c'est normal qu'elle pète un plomb ». Anna détestait ça.

Une victime, ils te prennent tous pour une victime. Ils pensent que tu es une pauvre petite chose qui a besoin de se reposer.

Anna ferma son livre et se leva pour rejoindre Betty.

— T'as pas une clope ?

— Mais tu ne fumes pas, répondit Betty avec la moue « elle a une case en moins ».

— Aujourd'hui, si.

Betty fouilla dans son sac pour trouver son paquet de Marlboro lights. Anna en prit deux et traversa la salle de lecture pour descendre le grand escalier en granit qui menait à la réception. Son directeur lui lança un regard étonné alors qu'elle sortait sans son manteau dans la cour du château. Il devait faire deux ou trois degrés, mais le froid lui fit du bien. Elle avait besoin que quelque chose la réveille, la sorte de cet état d'engourdissement mental qui ne la quittait plus depuis son voyage dans le monde de Bosch. Elle porta sa cigarette à la bouche, la première depuis ses seize ans, lorsqu'elle avait essayé, pour faire comme sa meilleure copine de l'époque, avant de décider de ne plus retenter l'expérience. La fumée néfaste remplit sa bouche et se glissa le long de sa gorge. Elle aspira d'un coup et se mit à tousser. La nicotine se mélangeait à son organisme, fixant des récepteurs qui allumaient des zones jusqu'alors inactives de son cerveau pour lui procurer une sensation de bien-être. Le cycle de la dépendance était engagé.

C'est bon. Meilleur qu'un orgasme.

La voix était formelle. La première chose qu'Anna allait faire en quittant son travail serait de s'acheter un paquet de cigarettes.

10

Depuis l'accident, Anna était condamnée à prendre le métro pour aller travailler. D'abord parce que sa voiture ressemblait à un César, ensuite parce qu'elle ne supportait plus d'être comprimée entre des parois de verre et d'acier qui étaient désormais pour elle la représentation parfaite d'un cercueil. Chose impensable dans son ancienne vie, elle avait écourté sa journée de travail en prétextant un rendez-vous médical et était allée au tabac du coin pour acheter sa nouvelle drogue.

Ils pensent que tu es malade. Autant en profiter.

Cette nouvelle liberté qu'elle s'octroyait lui donnait un sentiment d'euphorie. Peut-être que, finalement, c'était ça, l'aspect positif de son EMI. Là où d'autres se sentaient investis d'une mission quasi divine, elle réalisait simplement qu'elle avait le droit de vivre comme elle le désirait. Fini les compromis permanents imposés par le travail ou la famille. Elle allait enfin pouvoir exprimer ce qu'elle était au fond d'elle : la métamorphose du papillon !

L'entrée du métro Pont-Marie était à moins de

cent mètres de la bibliothèque. Elle n'avait que quatre stations à parcourir pour se rendre jusqu'à Censier-Daubenton et retrouver son appartement du quartier Mouffetard. La ligne 7 desservait la fac de Jussieu et celle, un peu plus loin de Tolbiac, on y croisait donc souvent des étudiants en maraude entre deux cours d'amphi. Anna se souvenait de ses études universitaires, une licence puis un doctorat en lettres modernes réalisés à la Sorbonne. C'est à cette période qu'elle avait rencontré Alain, il était un peu plus âgé qu'elle et l'avait immédiatement séduite par son côté rassurant et sûr de lui.

Un courant d'air gelé la fit sortir de ses pensées. Elle se tenait devant le portique de l'entrée du métro et le vent s'engouffrait à l'intérieur des boyaux souterrains. Elle bipa sa carte Navigo et prit la direction Mairie-d'Ivry. 17 h 30 n'était pas la meilleure heure pour arpenter les couloirs du métro, surtout en plein hiver. Le réseau souterrain abritait alors une masse importante d'usagers pressés, mais également beaucoup de résidents permanents venus chercher un peu de chaleur loin du bitume où la vie leur avait fait élire domicile. Anna slaloma entre les silhouettes fantomatiques. Un principe de la vie parisienne était de ne jamais croiser le regard de quiconque, de ne jamais sourire et de marcher le plus vite possible. Une capitale peuplée d'âmes errantes paralysées par la peur de l'autre, voilà le goût que laissait la ville vue d'en dessous. Anna tâcha donc de se fondre dans la masse en attendant la rame du train qui allait la mener chez elle.

Elle fixait un grand panneau publicitaire sur le quai

d'en face : une jeune fille d'à peine dix-huit ans en sous-vêtements transparents prenant une pose lascive pour vanter les mérites de GlamGirl, le site de rencontre « exclusivement féminin ». Anna n'avait jamais compris comment deux êtres pouvaient se rencontrer de façon numérique, mais à en juger par le manque de chaleur humaine qu'elle constatait autour d'elle, cette pratique avait de l'avenir.

La rame était presque arrivée lorsqu'elle sentit sa présence. IL venait de la frôler. Anna avait juste eu le temps d'apercevoir du coin de l'œil la silhouette de l'homme, trapue, la tête rentrée dans les épaules, le menton baissé. Il avait traversé la foule pour venir se coller contre elle, dans son dos, pour être certain qu'elle ne pourrait pas voir son visage. C'était LUI, l'homme de ses cauchemars, celui du tunnel noir, Anna en était certaine.

Réagis ! Il va te pousser sur les rails !

Elle se retourna précipitamment alors que le métro rentrait en gare. Deux étudiants boutonneux la fixaient avec méfiance. Droite, gauche, Anna ne sentait plus la présence néfaste autour d'elle. IL avait disparu. Elle rentra dans le wagon comme on rejoint un abri pendant un bombardement. Collée à la fenêtre, elle scrutait le quai pour tenter de l'apercevoir. Rien. Soit elle avait rêvé, soit IL était entré dans la rame avec elle.

Tu n'as pas rêvé ma vieille ! Cette fois, c'est pour de vrai. Il est là pour toi, il va te tuer !

Sa voix intérieure paniquait dangereusement et Anna sentait une chaleur intense envahir sa poitrine. Son cœur battait la chamade, ses tempes palpitaient sous l'afflux sanguin dopé par l'adrénaline. Le wagon était bondé et Anna se trouvait debout, collée par une marée humaine de voyageurs silencieux. Ça sentait la sueur et le parfum bon marché. Les corps anonymes se serraient sans désir et la masse bouillonnante donnait au wagon une atmosphère suffocante quasi tropicale. Elle dévisagea la grappe de visages qui l'entouraient à la recherche de l'homme à la barbe taillée et aux lunettes en acier. Rien. Le métro arriva à Jussieu et un grand nombre de passagers, les étudiants, sortirent pour rejoindre le campus. Anna avait maintenant une bonne vision des wagons devant et derrière elle. L'homme n'était toujours pas là.

Tu l'as semé. Ou alors il n'a jamais existé, faut que tu te reposes !

Un strapontin venait de se libérer et elle décida de s'asseoir pour reprendre un peu ses esprits.

Comment savait-il que tu étais là ? Il t'a suivie depuis la bibliothèque, y a pas d'autres solutions. Il sait où tu travailles !

Les hypothèses se bousculaient dans sa tête, pourtant aucune n'était satisfaisante. L'homme qu'elle avait senti était bien trop réel, bien trop dangereux pour être une illusion. Elle prit sa tête dans ses mains et se massa énergiquement les tempes. Une migraine ophtalmique pointait à l'horizon et elle se savait condamnée à foncer chez elle et à s'enfermer dans le noir le temps que ça passe. Elle inclina doucement le visage vers la fenêtre du métro et sentit son souffle se couper. Il était là, dans la réflexion de la fenêtre, assis à quelques mètres juste devant elle. Le métro rentra en gare à Place Monge et s'immobilisa.

L'homme la fixait du regard, elle crut voir un petit sourire sur son visage. La sonnerie du démarrage retentit lorsque Anna, d'un bond énergique, sauta de son siège et passa les portes qui se refermaient. Elle était seule sur le quai quand le métro reprit sa course. Elle observait la silhouette de l'homme qui s'était levé et la regardait froidement. Il existait bien et il savait où la trouver. Anna suffoquait, son crâne la faisait de plus en plus souffrir. Elle remonta le quai d'un pas rapide et prit la première sortie vers l'air libre. À l'entrée du métro, elle faillit bousculer un homme qui lui tendait un magazine gratuit. Elle ne remarqua pas la couverture sur laquelle s'étalait en largeur une photo de forêt couverte de neige avec le titre : « Un corps mutilé retrouvé dans le bois de Vincennes ».

11

Azad Pakazian, dit « Zed », pratiquait le kendo depuis une dizaine d'années. Comme bon nombre de ses collègues de la « Crim », il avait commencé par la boxe et les sports de combat avant d'arriver aux arts martiaux : jujitsu et krav maga essentiellement. À quarante ans, Zed était en pleine forme, mais il préférait délaisser les entraînements physiques pour développer sa technique et l'esprit qui allait avec. Le kendo était parfait pour lui.

Hajimé !

Le *senseï* venait de donner le signal du départ et les deux combattants en armures noires s'élançaient l'un contre l'autre, *shinai* à la main.

Ki Ken tai no itchi, « l'esprit, le corps et le sabre en un » est la notion fondamentale qui résume la voie du sabre des *kendoka*. Savoir allier la dimension spirituelle et physique et leur permettre de se concentrer à l'extrême en une frappe ultime qui percera les défenses de l'adversaire. Zed aimait cette philosophie et tentait de l'appliquer dans sa pratique martiale aussi bien que dans son travail. Pour lui, l'esprit et le corps étaient les deux faces d'une même pièce et il abordait chacune de ses enquêtes avec l'idée de trouver le sens caché derrière la froideur des faits criminels.

Son adversaire leva son *shinaï* au-dessus de sa tête et le placement de sa main indiqua à Zed qu'il allait effectuer une attaque *men*, c'est-à-dire à la tête. Il avait une fraction de seconde pour choisir son option. Esquiver, parer ou attaquer. Il fit une légère rotation du pied, invisible sous son *hakama* noir, et se désaxa. Une manœuvre microscopique, mais suffisante pour lancer une attaque similaire sur le casque de son adversaire.

Les deux *shinaïs* se croisèrent sans se toucher, mais Zed avait gagné les quelques centimètres qui faisaient toute la différence.

Un cri rauque sortit de son ventre et vint ponctuer la frappe précise au sommet du crâne. Dans la réalité, il lui aurait tranché la tête en deux. Immédiatement, son adversaire fit un pas en arrière, reprit sa garde et le salua respectueusement. Il avait suffi d'une frappe pour gagner ce combat. Les deux combattants se retournèrent vers le senseï, saluèrent à nouveau et glissèrent souplement vers le côté du dojo alors que deux autres combattants se mettaient déjà en place. Le kendo était comme une danse, mais une danse mortelle. Alors qu'il retirait son casque, une vibration imperceptible retentit sur le côté du dojo où les élèves avaient laissé leurs sacs. Zed resta concentré sur le combat en cours, il savait que l'appel était pour lui et que cela concernait son travail. Il fermait toujours son portable privé lors de ses entraînements.

Quelqu'un, quelque part, avait perdu la vie et ce serait à lui de trouver son assassin, une fois de plus. Cette pensée ne troubla pas sa concentration. Il avait besoin de faire le vide pour préparer son esprit à l'épreuve qui l'attendait. C'était le seul moyen qu'il avait trouvé pour faire ce métier sans sombrer dans la folie.

12

Air vicié d'une bretelle d'autoroute. L'A1 venait se greffer sur le périphérique parisien dans un dédale de bitume et de terre-pleins recouverts de détritus. Deux voitures de police étaient arrêtées le long d'un no man's land qui devait autrefois être planté d'arbres désormais pétrifiés par le froid et la pollution. Ici, la neige s'était transformée en une mélasse grisâtre souillée par les gaz d'échappement et les flics en uniforme pataugeant maladroitement dans ce marécage urbain.

On avait accroché une bande de plastique jaune entre deux troncs décapités pour marquer un périmètre légal : celui d'une scène de crime. Vrombissement d'un moteur, la Shiver 750 noire s'immobilisa le long de la bande d'arrêt d'urgence. Zed avait toujours préféré les marques italiennes et Aprilia était pour lui un excellent compromis entre puissance et maniabilité. Il cala la béquille et grimpa par-dessus le parapet qui délimitait la zone morte où les flics s'activaient. Son regard scruta les alentours. À cette heure nocturne, le périphérique parisien était quasiment vide et la bretelle située légèrement en surplomb de l'autoroute livrait une vue imprenable sur Paris. Zed aimait cette ville autant qu'elle le dégoûtait. Il connaissait tout de ses dépravations, depuis les squats pourris où des loques humaines étaient prêtes à tuer leurs enfants pour obtenir leur dose quotidienne jusqu'aux quartiers chics où les mêmes enfants se prostituaient pour les mêmes raisons. Cinq ans aux Stups l'avaient vacciné contre toutes sortes d'illusions sur la race humaine. Son arrivée à la Crim lui avait fait l'impression d'un retour à la réalité. Quelles que soient les motivations d'un tueur, il avait au moins une cohérence avec sa propre folie, contrairement aux toxicos qui pouvaient se dévorer entre eux pour freiner la morsure de l'addiction.

— Salut commandant.

L'officier de police judiciaire qui se dirigeait vers lui portait une grosse parka à capuche en fourrure, un jean noir délavé et des baskets à la mode désormais transformées en éponge.

— Ça va, Vince ? On a quoi ?

— Un corps… Et ça craint.

— Des témoins ?

— Un appel anonyme sur le 17 passé depuis un portable.

Zed jeta un coup d'œil circulaire sur les alentours.

— Y a plus praticable comme zone.

— Ouais… Le gars a dû voir le corps depuis sa voiture et s'arrêter. Ou alors y a un camp de Roms un peu plus loin.

Vu l'emplacement du corps, difficile de l'apercevoir en conduisant sur la bretelle, Zed penchait déjà pour l'hypothèse d'un Rom rentrant de maraude et rejoignant son abri de fortune par un labyrinthe de passages entre les voies rapides. L'appel serait difficile à tracer, la puce était sans doute déjà brisée et abandonnée quelque part.

— Vous étiez pas en repos ce soir ?

— Ouais, mais j'ai du mal à dormir, répondit Zed.

— Je vois ça !

Depuis le départ de Tania, son ex, Zed ne dormait plus que quelques heures par nuit. Elle avait cet étrange pouvoir sur lui d'apaiser sa conscience chargée par toute la merde que charriait son métier. Elle n'était plus là et ses heures de sommeil s'étaient envolées avec elle.

Zed se dirigea vers le corps. Ses bottes de moto le protégeaient des flaques de neige fondue ce qui n'était pas le cas des flics en uniformes qui grelottaient à l'entrée du périmètre. Ces pauvres gars faisaient vraiment le sale boulot sur le terrain pour permettre à des officiers parfois plus jeunes qu'eux de se concentrer sur l'enquête. Zed les aimait bien.

— Ça va ?

L'agent de la paix frigorifié était surpris qu'on lui adresse la parole. Il fit un signe de tête affirmatif.

— Retourne donc au chaud dans la caisse, personne ne risque de s'arrêter dans le coin.

— Merci commandant.

Il clopinait déjà vers une des voitures de police sans demander son reste. Dans le silence de la nuit parisienne, il ne restait plus sur le terre-plein que deux agents de la scientifique, appareil photo à la main. Les flashs et le vent chargé de flocons donnaient à la scène une ambiance de fin du monde. On se serait cru au cœur d'une tempête.

Le corps était allongé sur le côté, visage tourné vers l'extérieur. La petite robe en stretch rouge, bien trop légère pour le froid de ce mois de janvier, laissait envisager qu'il s'agissait d'une prostituée, du genre de celles qui continuent d'arpenter les boulevards parisiens malgré le durcissement de la loi. Zed connaissait parfaitement le monde de la nuit, ces filles étaient souvent des indics qu'il utilisait lorsqu'il bossait aux Stups. Il s'approcha du corps et croisa en chemin le regard d'un des techniciens qui le salua de la main.

— Faites gaffe où vous marchez… On n'a pas encore retrouvé tous les bouts…

Pourtant, le corps avait l'air entier, mais Zed savait déjà de quoi il voulait parler. Il progressa méticuleusement et se pencha vers son visage. Les épaules de la jeune femme étaient dénudées. On apercevait clairement des traces violettes tout autour de son cou. Pas besoin d'attendre le rapport du légiste pour savoir qu'elle avait été étranglée. Ses longs cheveux blonds ruisselaient autour de son visage comme une auréole. Une flaque de sang avait imbibé la neige, créant sous sa tête un oreiller pourpre. Elle avait été une jolie fille, sans doute originaire des pays de l'Est. Ukraine, ex-Yougoslavie ou Tchétchénie, les trois grandes filières du commerce humain. Elle avait certainement de la famille quelque part qui s'inquiétait pour elle, attendant d'avoir de ses nouvelles. Désormais, elle ne ressemblait plus qu'à un tas de chair sans âme. On lui avait arraché les yeux.

— Vous avez trouvé des traces ? questionna Zed sans grand espoir.

— Dans cette boue ? C'est même pas la peine d'y penser.

— J'imagine que pour la prise d'empreintes, c'est le même topo ?

Le gars de la scientifique fut soudain pris d'une crise d'éternuements et s'excusa avant de répondre.

— Aucune chance ici, mais on pourra faire une SPR[1] sur ses vêtements une fois au labo.

Zed soupira. Il connaissait déjà le résultat de cet examen. Le prédateur qui rôdait à Paris depuis six mois ne laissait ni empreintes ni traces d'ADN. Il était méticuleux, calculateur et avait le cerveau suffisamment dérangé pour énucléer ses victimes après les avoir étranglées. Cette fille était sa quatrième victime en six mois et Zed n'avait pas la moindre piste.

Pour l'instant, il ne pouvait que compter les points et espérer que le tueur ferait bientôt une erreur. Ils finissent tous par en faire une…

1. SPR : Révélateur d'empreintes efficace sur des surfaces poreuses mouillées.

13

L'orchidée posée sur le buffet du salon avait des pétales rouge vif qui ressemblaient à des gouttes de sang.

Il va te tuer, murmura la petite voix.

Un éclat de rire cristallin fit sortir Anna de sa torpeur. Alain avait eu l'idée d'inviter quelques amis à dîner. Il voulait lui changer les idées, lui permettre d'oublier pour quelques heures son accident et tous les traumatismes qui en découlaient. Le docteur Gilbert lui avait conseillé lui aussi de s'ancrer dans la réalité. Le coma avait entre autres effets celui de vous faire perdre pied avec le réel. Soumis à une dose de stress colossale, l'esprit pouvait se fissurer, laissant passer toutes sortes de fantasmes inconscients entre les strates de la rationalité objective. Des blessures psychologiques dont la convalescence était bien plus longue que celle du corps. C'est en tout cas ce qu'il lui avait dit. Anna, quant à elle, savait qu'il y avait autre chose. On ne pouvait pas tout mettre sur le dos de son traumatisme…

— Tu veux les voir ? Adrienne, une brune pulpeuse

en robe décolletée parlait à voix basse, profitant que le reste de la tablée était occupé à s'esclaffer. Anna n'avait pas la moindre idée de ce dont elle lui parlait.

— Si tu veux… répondit-elle néanmoins.

Adrienne la prit par la main et l'entraîna dans la salle de bains.

— T'as pas idée du bien que ça me fait. Au début, j'ai eu peur, comme tout le monde… Et puis en voyant les photos, je me suis dit qu'il fallait que je passe le pas. J'ai quarante ans, c'est maintenant ou jamais, non ?

Anna acquiesça, toujours dans le flou. Face à elle, Adrienne était en train de faire glisser la fermeture de sa robe pour dévoiler un joli soutien-gorge en tissu noir qu'elle retira dans la foulée. Elle se retourna face à Anna, buste droit, menton relevé, grand sourire aux lèvres. Sa poitrine ferme et opulente se dressait entre elles.

— Alors ? T'en penses quoi ?

— Ils sont magnifiques.

— Merci, dit-elle en souriant. Tu trouves pas que ça fait faux ? Tu peux toucher si tu veux.

Anna hésita. Adrienne était une vieille copine qu'elle avait rencontrée à l'université. Son côté déluré l'avait tout de suite séduite. C'était d'ailleurs une de ses rares amies à ne pas être en couple. Elle préférait butiner toutes les fleurs du champ, comme elle le disait elle-même. Anna posa un doigt sur son sein gauche. Il était à la fois souple et ferme, comme celui d'une adolescente.

— Impossible de penser que c'est du silicone.

— Ouf ! s'exclama Adrienne. Et tu sais que ça ne m'a pas coûté très cher, dans les trois mille euros.

Anna fixa le miroir de la salle de bains. Se voir en train de palper les seins de sa copine lui fit une drôle d'impression. D'habitude, cette situation l'aurait amusée mais là, plus rien n'avait le même goût depuis son accident.

— Alors, comment te sens-tu depuis que tu les as ?

— T'as pas idée, ma chérie ! Ça m'a changé la vie. Je reporte des fringues que j'avais pas mises depuis dix ans et puis au lit… Le visage d'Adrienne s'illumina d'un petit air coquin. Disons que ça a l'air de plaire aux hommes aussi…

Anna percuta soudain la raison pour laquelle Adrienne l'avait entraînée dans la salle de bains. Elle connaissait Alain depuis le début de leur relation et c'était une des rares amies de leur cercle intime à être au courant des difficultés qu'ils traversaient.

— Et toi, ma chérie, t'aurais pas envie de le faire ?

— Pourquoi ? J'ai jamais eu de complexes avec ma poitrine.

— Non je veux dire… après ton accident, ça pourrait te faire partir sur autre chose ! Si tu savais comme je me sens bien. Et puis avec Alain…

Voilà, on y était. Adrienne avait toujours eu un don pour mettre les pieds dans le plat, on la voyait venir à cent kilomètres avec ses gros sabots. Anna se demanda ce que le docteur Gilbert penserait de ça.

— C'est Alain qui t'en a parlé ?

— Bien sûr que non ! Simple conseil de copine. Être bien dans son corps, c'est le secret de la libido !

— Adrienne, je viens de passer deux semaines dans

le coma, mon corps est couvert de cicatrices, la dernière chose dont j'ai envie c'est de me faire charcuter par un chirurgien pour augmenter ma libido.

La réponse cinglante avait fait l'effet d'un seau de glaçons jeté sur le ventre d'une bimbo en pleine séance de farniente. Adrienne reboutonna son soutien-gorge, ses joues étaient pourpres et de grosses larmes commençaient à mouiller le bord de ses yeux.

— Je suis désolée, dit-elle avec une voix de gamine. Tu peux m'aider à fermer ma robe ?

14

Pour la première fois depuis son accident, Anna passait une nuit paisible sans se repasser en boucle le film de son expérience de mort. C'était d'autant plus étonnant que depuis sa mésaventure du métro, elle avait de brusques montées d'angoisse lorsqu'elle se trouvait seule. Un instant tout allait bien et elle pouvait se concentrer sur ses occupations habituelles, l'autre, elle sentait une présence l'observer et se comportait comme un animal traqué. Alain s'en était rendu compte et l'avait harcelée de questions auxquelles Anna s'était efforcée de répondre de façon lapidaire. Bien sûr, elle aurait eu besoin de parler à quelqu'un de son expérience de mort imminente, de ses cauchemars à répétition et maintenant de la menace bien réelle qui pesait sur elle, mais Alain n'était juste pas la bonne personne. Elle ne lui faisait plus aucune confiance depuis qu'il l'avait trompée et ce, malgré tout le travail qu'ils avaient fait ensemble pour se retrouver. Non, il ne pouvait pas comprendre ce qui était en train de lui arriver, elle ne le comprenait pas elle-même.

Sortir du profond sommeil dans lequel le mélange de médicaments et de fatigue l'avait plongée lui donna l'impression de naviguer au milieu d'un nuage de coton. Ses sens revenaient lentement à l'éveil, traversant toutes les étapes intermédiaires. Quelque chose avait interrompu son sommeil, mais elle ne savait pas quoi. La chambre était plongée dans le noir quasi total et son horloge digitale indiquait 3 heures du matin. À côté d'elle, Alain dormait profondément. Anna tenta de rassembler ses pensées. Pourquoi était-elle en train de gâcher sa seule bonne nuit depuis des mois ? Elle n'eut pas à attendre longtemps la réponse, car un bruit de verre cassé se fit entendre.

Il y a quelqu'un dans l'appartement.

Sueurs froides. Anna eut l'impression immédiate qu'on la plongeait dans un four. Tous ses muscles se raidirent et ses sens décuplèrent, accrochés au moindre son, à la moindre vibration suspecte. Son cœur battait la chamade. Un autre bruit, plus léger, lui confirma ce qu'elle craignait. On marchait dans le salon, à quelques mètres seulement de la porte de leur chambre.

Nathan !

Leur fils était à l'autre bout du couloir, dans sa chambre.

Il va lui faire du mal.

Malgré tous ses efforts pour garder son sang-froid, elle ne pouvait éloigner les flashs dans lesquels un poignard en acier lui fouillait les entrailles.

Elle posa une main sur l'épaule d'Alain et serra nerveusement.

— Qu'est-ce qui se passe ?

Alain la fixait de ses yeux endormis. Elle lui fit signe de se taire et pointa le doigt vers la porte.

— Il y a quelqu'un…

— Tu es sûre ?

— J'ai entendu un bruit de verre cassé, quelqu'un est rentré dans l'appart.

Alain retrouva d'un coup sa lucidité, son visage exprimait l'angoisse. Ils glissèrent tous les deux hors du lit. Le contact de ses pieds nus avec le parquet froid confirma à Anna que cette fois, elle n'évoluait pas dans un rêve. Le danger était là, bien réel. Alain en tête, ils ouvrirent lentement la porte de la chambre. L'appartement tout entier était plongé dans l'obscurité, à peine éclairé par les rayons d'un réverbère qui filtrait à travers les stores. Leur chambre donnait sur un long couloir desservant salle de bains et toilettes avant de s'ouvrir sur le salon. La chambre de Nathan se trouvait à l'autre extrémité. À chacun de leurs pas, le parquet grinçait imperceptiblement, mais suffisamment pour dévoiler leur présence.

Première porte légèrement entrouverte sur leur droite, la salle de bains. Alain appuya sur l'interrupteur et la lumière vive de trois gros spots dissipa les ténèbres dévoilant une pièce vide.

La seconde porte donnant sur les toilettes était ouverte et personne ne s'y dissimulait. Ils arrivèrent dans le salon et balayèrent la pièce du regard. Tout semblait à sa place. Les meubles, les bibelots, les livres de la bibliothèque, les DVD, rien n'avait bougé. Anna remarqua alors le va-et-vient étrange des rideaux et serra la main d'Alain. La fenêtre donnant sur la cour de leur immeuble était ouverte et laissait filtrer le vent qui soufflait à l'extérieur. Alain se rapprocha lentement et retint son souffle avant de tirer les rideaux. La vitre était brisée dans sa partie basse, non loin de la poignée. Anna fixa Alain dans les yeux et crut y déceler la peur.

J'avais raison, il est là. Il va nous faire du mal.

C'est alors qu'un hurlement déchira le silence de la nuit. Nathan criait depuis sa chambre. La peur disparut instantanément, comme si un sentiment supérieur venait de la chasser. Anna se retourna d'un bond et courut vers la chambre de son fils sans se soucier de l'obscurité qui l'entourait. La porte était fermée et elle l'ouvrit avec hargne. Ses mains cherchèrent l'interrupteur et la pièce s'éclaira. Nathan était dans son lit, recroquevillé contre le mur en position fœtale. Il n'y avait personne d'autre que lui dans la pièce. Ses yeux remplis de larmes fixaient le vide comme s'il était encore à moitié endormi. Anna le prit dans ses bras et le serra de toutes ses forces.

— Qu'est-ce qui se passe ? Parle-moi !

Alain apparut dans l'encadrement de la porte.

— Ça va ?

Anna fit signe que oui.

— Vérifie la porte d'entrée et appelle la police.

Alain acquiesça et disparut.

— Raconte-moi, mon amour, tu as entendu quelque chose ?

Nathan était prostré, le regard perdu dans le flou.

— Anna, viens voir !

La voix d'Alain avait traversé l'appartement. Elle prit son fils par la main et quitta la chambre pour le rejoindre dans l'entrée. Sur le sol se trouvait le sac à main d'Anna. Quelqu'un l'avait fouillé, laissant son contenu éparpillé.

— Tu as vérifié partout ? T'es sûr ?

— Il n'y a personne.

Anna se pencha et observa ses affaires. Ses clefs, son agenda, son porte-monnaie, son tube de rouge, ses Kleenex, son téléphone portable…

— Il manque quelque chose ?

— Rien.

— Et Nathan, qu'est-ce qu'il a ?

— Un cauchemar.

Alain embrassa son fils et disparut dans le salon. Nathan était désormais bien réveillé et il regardait sa mère avec un air étonné.

— Qu'est-ce qui se passe, maman ?

— Rien, mon chéri. On a eu peur, c'est tout.

Mais Anna était persuadée du contraire. IL était venu dans son appartement, chez elle, pour fouiller ses affaires. Si elle ne l'avait pas entendu, peut-être qu'il aurait fait du mal à son fils.

Alain réapparut dans l'entrée.

— Viens voir.

Elle le suivit dans le salon jusqu'à la fenêtre et passa entre les débris de verre.

— Regarde.

Alain pointait du doigt le petit renfoncement qui leur servait à fixer les jardinières. Un gros pigeon était posé sur le rebord de la fenêtre, la tête explosée par l'impact.

— Il a dû foncer tout droit dans la fenêtre. Heureusement que je n'ai pas appelé les flics.

Anna fixait l'animal mort comme un mauvais

présage. Elle avait pourtant bien entendu des pas dans le salon.

— Un mauvais rêve… C'est pas la première fois.

Et le sac dans l'entrée ? Pas d'explications, sauf si Nathan l'avait fait tomber en voulant prendre le téléphone portable de sa mère.

Anna sentit la colère monter. Elle n'avait pas rêvé, elle savait très bien ce qu'elle avait entendu. Elle se retourna vers Nathan et le prit par les épaules.

— C'est toi qui as renversé mon sac ?

Le ton était sec, tranchant et fit instantanément monter les larmes aux yeux du petit garçon.

— Laisse-le… Il est à moitié endormi.

Mais Anna avait besoin de savoir. Besoin de prouver qu'elle avait raison, l'homme à la courte barbe et aux lunettes en acier rôdait autour d'elle. Anna pouvait le sentir. Elle crispa un peu plus ses doigts sur les épaules du garçon et Nathan émit un petit gémissement avant de venir se réfugier dans les bras de son père. Alain la regardait avec des yeux inquisiteurs. Non seulement il ne la croyait pas, mais il la prenait pour une folle…

15

Le mois de janvier touchait à sa fin et la neige tombait sans discontinuer depuis une semaine, transformant rues et trottoirs en d'improbables pistes impraticables. La rareté de ce phénomène expliquait la lenteur des services publics à déneiger les axes principaux, métamorphosant la capitale en un cimetière de voitures abandonnées sous les flocons. Cela expliquait également que les Parisiens s'entêtaient à circuler en talons aiguilles et baskets à la mode, risquant à chaque pas de se briser le cou en glissant sur une plaque de verglas. Le spectacle de ces petites fourmis luttant contre les éléments en se lamentant faisait sourire tout touriste un peu habitué au froid. Deux centimètres de neige suffisaient à bloquer Paris.

Un nuage de fumée se forma au-dessus d'Anna alors qu'elle bâillait en observant la Seine. D'immenses péniches avaient entamé un ballet consistant à manœuvrer entre la pointe de l'île Saint-Louis et le quai de l'Hôtel-de-Ville pour ramener leurs cargaisons vers les docks situés à l'est de la capitale. Elle avait été étonnée de recevoir ce coup de téléphone et encore plus de s'entendre proposer un rendez-vous. Le professeur Roody lui avait fait bonne impression, mais elle ne savait rien de lui ni de ses recherches, et son premier contact avec le groupe de discussion lui avait laissé un goût amer. Pourquoi désirait-il la voir ?

Il est beau gosse et tu lui as tapé dans l'œil !

Une pensée frivole qui étonnait Anna. Avec tout ce qui lui arrivait, elle avait plutôt l'impression d'avoir entamé une traversée du désert sans eau ni chaussures. Pas de place pour les sentiments et encore moins pour s'envoyer en l'air avec un inconnu. Avant son accident, elle avait été aussi fidèle à Alain qu'une nonne à ses vœux. Mais cela aussi allait bientôt changer, elle le sentait…

La silhouette de Roody se détacha sur la blancheur phosphorescente du quai d'Orléans. Il lui avait donné rendez-vous au niveau du pont Saint-Louis, entre l'île du même nom et celle de la Cité qui accueillait l'imposante cathédrale Notre-Dame.

— Désolé, je suis un peu en retard.

Roody était toujours aussi élégant et portait un long manteau en laine qui sculptait sa silhouette fine. Ses cheveux gris recouverts de flocons formaient un étonnant contraste avec le bleu perçant de ses yeux. Anna remarqua une fine cicatrice partant du sommet de son front jusqu'à la pointe de son œil droit. Cette marque lui donnait un charme supplémentaire. Il tendit une main vers Anna qui la saisit sans enlever ses gants.

— Un chocolat chaud, ça vous dit ? Ils ont les meilleurs de Paris ici…

Il lui montrait la devanture du *Flore en l'île*, un

café situé à l'angle des quais et possédant une vue imprenable sur Notre-Dame.

Anna le suivit sans hésiter et rentra dans une petite salle où régnait une ambiance conviviale mêlant touristes étrangers et Parisiens à la recherche d'un peu de chaleur. Anna était déjà venue ici durant ses études à la Sorbonne, dont on apercevait la coupole depuis la salle. Elle redécouvrit cet endroit avec bonheur, rien n'avait changé. Rien sauf elle.

— Mon appel a dû vous étonner.

La voix de Roody était douce, tout en exprimant une grande force, une grande profondeur. Anna pensa immédiatement à un gourou.

— Pas vraiment, j'avais laissé mes coordonnées.

— Heureusement, sans ce carnet, je ne vous aurais sans doute jamais retrouvée.

Le serveur interrompit leur conversation et ils commandèrent deux chocolats chauds « à l'ancienne ». Une spécialité qui mélangeait l'onctuosité d'une tasse de chocolat noir fondu avec le moelleux d'un broc de lait entier porté à ébullition. Une hérésie niveau calorique, mais Anna s'en moquait, elle n'avait jamais eu de problème de poids, quoi qu'elle mange.

— Et pourquoi vouloir me retrouver ?

Anna tentait au maximum de masquer sa curiosité. Quelque chose au fond d'elle souhaitait que le beau professeur lui dise qu'elle l'avait subjugué, qu'il était tombé sous le charme, mais elle ne voulait en aucun cas que cela transparaisse.

— Depuis toutes ces années où j'écoute parler les personnes qui ont frôlé la mort, j'ai appris à reconnaître celles qui ont besoin de moi… Vous aviez l'air perdue l'autre jour. Perdue et désespérée aussi.

Et voilà, encore un qui te prend pour une pauvrette. Il a sûrement le syndrome du mec qui cherche une fille perdue pour la consoler.

Ta gueule, pensa-t-elle à l'intention de sa petite voix. Pour une fois que quelqu'un se souciait sincèrement d'elle, elle n'allait pas lui faire le numéro de la Valkyrie.

— Je l'étais, dit-elle simplement.

— Eh bien expliquez-moi ce qui vous est arrivé, je peux peut-être vous aider.

Et Anna lui expliqua. L'accident, la lumière noire, les voix qui la harcelaient, l'homme à la barbe et puis les cauchemars, le sentiment d'oppression et la peur d'être seule. Elle omit de lui parler de son aventure onirique dans les bois, de sa course-poursuite dans le métro et de son visiteur nocturne.

Ça évitera qu'il te prenne tout de suite pour une tarée.

Roody la fixait avec ses yeux océan. Il ne perdait pas une miette de son récit, l'interrompait parfois pour lui demander de préciser un détail et prenait des notes dans un petit calepin Moleskine noir.

Il me prend au sérieux. Il veut réellement m'aider !

— Ce que vous me décrivez correspond en tout point à ce que 4 % des expérienceurs disent traverser.

— Expérienceurs ?

— Les gens qui vivent une expérience de mort imminente… Tout le monde croit que c'est un voyage paisible que l'on traverse en toute confiance… C'est vrai pour la majorité des cas, mais il existe également 4 % d'expériences noires.

Expériences noires ! Voilà ce que tu as vécu, ma vieille !

Anna le fixait avec de grands yeux écarquillés. Elle avait enfin trouvé quelqu'un capable de lui expliquer ce qui se passait.

— Lors de ces expériences, les témoignages parlent de tunnel de lumière noire, de musique angoissante, de voix étranges et parfois de la présence de silhouettes menaçantes… Mais rassurez-vous, malgré le caractère traumatique de cette expérience, tout le monde voit une nette amélioration dans sa vie post-EMI. En clair, vous ne percevez pas encore les effets bénéfiques, mais ils vont bientôt se faire sentir.

Effets bénéfiques ? Elle dormait trois heures par nuit, était à fleur de peau, persuadée qu'on la suivait pour la tuer. Elle ne supportait plus son mari ni ses collègues de travail, et s'était mise à fumer… Qu'est-ce qui l'attendait encore ?

— La plupart des expériences noires sont décrites comme étant un « avertissement » que l'au-delà nous adresse. Est-ce que cela résonne concernant votre expérience ?

Anna le fixait sans répondre. Elle tentait de faire le lien entre son voyage hors du monde et sa vie réelle. Bien sûr qu'elle savait de quoi il s'agissait. On avait bien voulu l'avertir et cet avertissement était simple. Elle allait mourir, vingt centimètres d'acier plantés dans le bide. Son téléphone portable vibra dans son sac et interrompit le silence qui s'était installé entre Roody et elle. C'était l'école de Nathan. Il y avait un problème…

16

Le bureau de la directrice se trouvait à l'entrée de l'établissement. De là, elle pouvait voir passer tous les élèves qui entraient ou sortaient tout au long de la journée. Ouverture des portes, récréation, cantine, sorties, goûter, le rythme d'une école maternelle était aussi intense que celui d'un sprinter. Anna avait du mal à se rappeler cette étape de sa vie, lorsqu'elle habitait encore à Amsterdam avec ses parents. Toute cette période était perdue dans une sorte de flou dont s'extirpaient parfois des souvenirs fugaces qui lui semblaient dénués de toute réalité.

— Madame Renucci, comment allez-vous ?

La voix de la directrice était sèche, mais on y distinguait également une pointe de chaleur, preuve qu'elle n'avait pas oublié l'accident qui s'était déroulé presque sous ses yeux.

— J'ai eu votre message, Nathan va bien ?

— Oui, ne vous inquiétez pas, il est en classe avec sa maîtresse.

Anna soupira. Depuis le coup de téléphone, elle s'était imaginé le pire. Les paroles rassurantes de la directrice faisaient baisser la pression, même s'il y avait quelque chose de bizarre dans son ton. Une sorte de distance froide, qu'elle ne lui connaissait pas habituellement.

— En fait, je voudrais vous parler d'un point précis qui nous a tous interpellés… Pouvez-vous regarder ces images ?

La directrice lui tendit son téléphone portable. Sur l'écran, on distinguait une photo prise quelques heures plus tôt. Il s'agissait du dos d'un enfant sur lequel on apercevait un énorme hématome bleu.

— Qu'est-ce que c'est ? lança Anna inquiète.

— C'est justement pour voir si vous avez une explication que je vous ai convoquée.

— C'est le dos de Nathan ?

— Oui, il s'est renversé de l'eau sur son tee-shirt à la cantine. L'ASEM a voulu le changer et elle a remarqué cet hématome.

— Mais qu'est-ce qui s'est passé ? Il est tombé ?

Anna sentait une profonde angoisse lui contracter les tripes.

— Non… Il n'a même pas joué dans la cour ce matin. Il avait l'air fatigué. Ça a dû se passer ce week-end, d'après l'infirmière.

Anna réfléchit. Il ne s'était absolument rien passé ce week-end. Ils étaient bien allés faire un tour au parc à côté du square, mais Nathan n'avait même pas voulu emporter son skate et ils étaient rentrés rapidement. Aucune chute, aucune bagarre avec un petit camarade, rien.

— Je… je ne vois pas.

La directrice scrutait son visage avec un air indéfinissable.

— Vous comprenez que c'est notre devoir de poser ce genre de questions.

Elle pense que tu bats ton gosse !

La voix venait de jeter un froid glacial à l'intérieur d'Anna. Se retrouver dans cette situation, mise en accusation sans moyens de défense la révulsait.

— Vous ne pensez quand même pas…

— Je ne pense rien, je dis juste que Nathan a des hématomes importants dans le dos. Il serait bon de comprendre pourquoi.

Elle pense que c'est toi ! Cette vieille peau pense que c'est toi !

La colère montait peu à peu. Il fallait à tout prix la contenir, sauver les apparences.

— Vous lui avez posé la question ?

— Bien sûr… C'est pour cela que je vous ai appelée. Il n'a rien voulu dire, il est devenu complètement mutique.

— Mais pourquoi ?

— Je ne sais pas, mais c'est la preuve qu'il ne s'est pas « rien passé ».

Elle avait raison. Anna sentit ses jambes devenir dangereusement molles, comme si toute énergie la quittait. Il s'était bien passé quelque chose avec son fils, quelqu'un lui avait fait du mal.

— Je veux le voir.

La directrice baissa les yeux.

— Vous comprendrez que je vais devoir faire un rapport à la direction de la protection de la jeunesse, c'est la procédure normale.

— C'est-à-dire ?

— Vous allez être convoquée avec Nathan et son père pour un entretien.

Anna voulut répondre, mais aucun mot ne réussit à passer la boule qui venait de se former dans sa gorge. Elle se contenta de hocher la tête. La directrice lui fit signe de la suivre et l'emmena à travers les couloirs décorés de peintures réalisées par les enfants vers l'escalier qui menait à la classe de son fils. Qui avait pu lui faire ces marques ? Alain ? Ça n'avait aucun sens.

C'est lui, c'est ce salopard qui lui a fait ça !

La colère lui redonnait des forces et elle serra les poings de rage. Qui que ce fût, Anna allait le lui faire payer. La petite tête brune de son fils perça entre ses camarades pour venir la rejoindre.

— Ça va, mon chéri ?

Nathan la prit dans ses bras et lui fit un sourire triste.

Sur le chemin du retour, il ne décrocha pas un mot et Anna décida de respecter son silence. Inutile de le bombarder de questions, il savait qu'il y avait un problème et le meilleur moyen de le faire parler était de ne pas le brusquer. Une fois à la maison, Anna prépara son goûter et lui donna la permission d'utiliser son ordinateur. Avant de rentrer dans sa chambre, Nathan vint la rejoindre sur le canapé du salon et la serra très fort dans ses bras. Ses yeux se mouillèrent de larmes lorsqu'elle l'entendit lui murmurer doucement à l'oreille : Je t'aime maman.

17

Tout juste 18 heures et la nuit hivernale était déjà tombée. Le square Saint-Médard, fermé aux promeneurs pour cause de travaux, s'était transformé en un immense champ de neige vierge de toute trace. Anna observait le va-et-vient des passants qui longeaient ses grilles, pas rapides, têtes rentrées dans les épaules. Elle se tenait à la fenêtre de son salon, un verre de vin rouge à la main, une cigarette au bec. Elle inspira une longue bouffée de nicotine et souffla en direction de la porte-fenêtre entrouverte. Elle avait toujours aimé observer les gens dans leur vie quotidienne. Paris était une ville vitrine dans laquelle tout voyeur pouvait s'épanouir. Il suffisait de s'installer à la terrasse d'un café et d'écouter ses voisins. Les gens parlaient de tout, sans complexe, sans retenue et souvent avec un certain sens de la mise en scène narcissique. On apprenait plus sur la nature humaine au comptoir d'un bar que dans un cours de philosophie. Anna avait fréquenté les deux, elle le savait.

Un bruit de clef se fit entendre dans l'entrée de l'appartement. La porte s'ouvrit rapidement et apparut la silhouette d'Alain. Il portait un grand imperméable gris, un costume en velours vert élimé et une chemise à carreaux. Alain n'avait jamais eu le sens de l'harmonie vestimentaire, ça ne faisait pas partie de ses qualités. Pendant des années, Anna s'était occupée de ses vêtements, le forçant à faire les boutiques, puis elle s'était résignée. Après tout, qui était-elle pour lui dire comment s'habiller ? Sa mère ? Sûrement pas.

— Je suis venu dès que j'ai eu ton appel !

À peine arrivé, Alain se dirigea vers elle, inquiet.

— Qu'est-ce qui s'est passé ?

— Quelqu'un a frappé Nathan. Il a un gros hématome dans le dos.

— À l'école ? C'est inadmissible ! Il faut porter plainte.

— Non, pas à l'école.

Silence absolu. Alain venait de réaliser la gravité de la situation.

— Où ça alors ?

— C'est la question que j'allais te poser. Tu as vu quelque chose ?

— Non ! Qu'est-ce que j'aurais pu voir ?

— Je ne sais pas ? Il n'est pas tombé en chahutant avec toi ? Ou dans les escaliers de l'immeuble ?

— Pas du tout ! Je te l'aurais dit.

Anna scrutait le visage d'Alain pour déceler la moindre hésitation, la moindre faille. Elle inspira un bon coup avant de dire :

— Et ce n'est pas toi…

— Comment peux-tu croire ça ? Moi, frapper mon propre fils ?

Anna marchait maintenant sur des braises incandescentes, mais la santé de son fils en dépendait, elle n'avait pas le choix.

— Tu as déjà été violent.

Alain baissa le regard, inclina la tête vers la fenêtre ouverte et eut un léger rictus de colère.

— Tu vas pas me ressortir ça chaque fois !

— Tu m'as frappée, Alain, je ne l'oublie pas.

Ça s'était passé six ans plus tôt, peu de temps après sa fausse couche. Ils avaient eu une violente altercation, Anna en portait encore la trace à la base du nez. Trois points de suture réalisés par un interne des urgences de l'Hôtel-Dieu. Elle avait dit s'être cognée dans une porte et le médecin de garde avait souri. Elle se rappelait encore ses mots :

— Madame, est-ce que vous savez qu'une femme meurt tous les deux jours en se « cognant dans une porte » ?

Elle s'était sentie honteuse, elle avait hésité à dénoncer son mari. Même si ça ne s'était pas reproduit depuis, ce qui se passait maintenant était différent. On s'en prenait à son fils et elle était prête à tout pour le défendre. Même à réveiller la colère d'Alain.

Il n'avait pas répondu tout de suite, lui aussi semblait perdu dans ces douloureux souvenirs.

— Je te jure que non ! Je ne sais pas ce qui s'est passé. Peut-être qu'il a fait une chute de skate ?

Quelque chose dans sa voix sonnait juste et Anna avait envie de le croire.

— Non ! Il n'a pas sorti sa planche du week-end, ça ne peut pas être ça.

— Alors quoi ?

Ils se regardèrent sans pouvoir répondre.

L'homme au poignard, tu n'y as pas pensé peut-être ? Tu sais, ce petit salopard vicieux qui est rentré dans ton appartement pendant la nuit ! Pourquoi est-il venu à ton avis ?

— Qu'est-ce que Nathan t'a dit ?

— Il dit qu'il ne sait pas qui lui a fait ça, qu'il s'est réveillé comme ça ce matin.

— Il aurait pu se cogner pendant la nuit ? Dans un cauchemar ?

— Vu la taille des hématomes…

— Alors quoi, nom de Dieu ? Y a bien une explication !

— Et si on nous avait volé les clefs de l'appartement l'autre soir ? Et si IL était revenu ?

Le regard d'Alain venait de changer en une forme encore plus profonde d'inquiétude.

— Qui ça, IL ?

Anna hésita quelques secondes. Elle ne lui avait rien révélé depuis le début pour de bonnes raisons. Pourtant, la situation semblait exiger qu'elle lui explique. Son récit dura près d'une heure. Elle n'omit aucun détail, aucune péripétie. Alain semblait s'enfoncer dans le canapé où ils étaient installés à mesure qu'elle lui expliquait dans quel univers elle se débattait depuis son accident. Il se servit un verre de vin, puis deux, puis finit la bouteille.

— C'est incroyable !

Effectivement. Incroyable mais vrai, comme le vantait une émission populaire des années 80. Sauf que là, ça n'avait rien d'une distraction, c'était plutôt un enfer.

— Et tu crois que cet… homme… aurait frappé Nathan pendant la nuit ?

— Je n'en sais rien. Je cherche une explication.

Alain la fixait avec de grands yeux perplexes.

Il pense que tu délires.

La voix n'avait pas tort. Qui pourrait croire à cette histoire d'expérience noire et de tueur fantôme ?

— Je crois qu'on a besoin d'aide, dit-il simplement.

Il pense que tu délires répéta la voix.

— Au fait, depuis quand est-ce que tu fumes ?

Anna ne dit rien et vida son verre de vin.

18

« Devenez éco-propriétaire ». Le slogan posé sur un immense panneau publicitaire coincé entre la bretelle de l'autoroute A1 et une zone en construction résonnait comme une illustration parfaite du cynisme de notre société. Zed coupa son moteur et observa l'amoncellement de cartons, de palettes et de matériaux de récupération qui formaient une ville insalubre dans laquelle vivait une demi-douzaine de familles. Des bidonvilles comme celui-ci, il y en avait des dizaines dans la banlieue parisienne. Les gens du voyage que les médias avaient stigmatisés sous la marque « Roms » tentaient de survivre dans les boyaux en béton de la ville-lumière. Leur monde à eux était fait d'obscurité, un épais voile de ténèbres dont personne ne voulait les voir sortir. En tant que flic, Zed connaissait bien les communautés qui survivaient dans les alentours de Paris. La plupart étaient réduites à la mendicité et parfois au vol. Et si leurs larcins leur permettaient à peine de subsister, on ne leur faisait jamais de cadeaux. Quel que fût leur bord politique, les tauliers de la place Beauvau appliquaient toujours les mêmes directives, tolérance zéro.

Zed enleva son casque intégral et le fixa au cardan de la moto. Il allait devoir être habile pour obtenir les informations qu'il voulait. Le campement se trouvait à moins d'un kilomètre de la scène de crime et il était persuadé d'y trouver la personne qui avait appelé le central de la police. D'abord parce que, étant donné le positionnement du corps, aucun automobiliste ne pouvait le voir depuis la bretelle d'autoroute, et encore moins en pleine nuit. Ensuite parce que le traçage de l'appel avait donné un résultat caractéristique. La puce avait cessé d'émettre quelques minutes après l'appel. S'il avait pu chercher dans les amas d'ordures qui jonchaient le sol autour du camp, Zed était à peu près certain qu'il l'aurait trouvée. Le visage d'un enfant apparut entre les palettes qui servaient de mur à sa chambre à coucher. Il disparut aussitôt pour donner l'alerte. Zed savait exactement ce qui était en train de se passer derrière les cloisons de fortune. On enterrait à la va-vite dans des caches les traces de petits business. Du recel d'autoradios et de téléphones portables, volés principalement. Le comité d'accueil ne mit pas longtemps à montrer le bout de son nez. Trois hommes, visages burinés et vêtements ridiculement légers pour le froid ambiant, descendaient dans sa direction. L'un d'entre eux, le plus jeune, avait les mains dans ses poches. Zed évalua la distance et le danger. L'homme avait sans doute un couteau serré entre ses doigts, au pire un pistolet d'alarme trafiqué dont la portée était réduite. Il les laissa venir sans faire un geste, en cas d'embrouille mieux valait qu'ils soient tout près de lui qu'à mi-distance. On pouvait parer un coup ou l'esquiver, prendre les devants sur quelqu'un d'armé, mais on ne pouvait pas parer une balle tirée à trois mètres.

— Vous êtes de la police.

L'homme qui parlait était le plus âgé des trois. Ses cheveux blancs contrastaient avec sa peau sombre. Son visage était sillonné de rides qui lui donnaient un air de sagesse. Ça n'était pas une question, les gens du voyage pouvaient sentir les flics à trois kilomètres.

— Police criminelle.

— Pourquoi vous êtes là ?

— Pour poser quelques questions… On a trouvé un corps pas loin d'ici. Quelqu'un a appelé pour prévenir la police. Quelqu'un de chez vous.

— Qu'est-ce t'en sais, sale flic ?

La réponse venait du plus jeune. Il plongea son regard noir de haine dans les yeux de Zed. Comment demander à des gens qu'on essaye de faire disparaître sous le tapis de notre société de nous aimer ? Zed se foutait de la réponse. S'il bougeait la main de sa poche, il lui briserait immédiatement le poignet.

— Calme-toi, Réda !

Comme souvent, le plus ancien était le plus sensé. Il savait que la moindre embrouille avec un flic pouvait les entraîner dans un charter direction la Roumanie, la Bulgarie ou la Hongrie. En fait, certains flics venaient même souvent faire de la provoc' pour s'en débarrasser.

— On ne sait rien.

Ses yeux sombres ne trahissaient aucune tension. Lorsqu'on voulait sauver sa vie ou celle de sa famille, on devenait un excellent comédien.

— Je suis pas venu chercher l'embrouille. Je cherche

un mec, un tueur qui a déjà massacré quatre très jeunes filles. Aussi jeunes qu'elles…

Zed pointa son doigt vers l'attroupement qui s'était formé en bordure du village. Une bande de jeunes femmes en robe et pantalon crasseux chuchotaient entre elles.

— Si vous savez quelque chose, ça évitera qu'il continue…

Les trois hommes se regardèrent discrètement. Ils étaient sur le point de parler.

— On sait rien, le flic.

Le jeune était aussi entêté qu'une mule. Sa main s'agitait dans sa poche et Zed n'aimait pas ça. Bientôt il aurait atteint le point de rupture. Le moment où il faut prendre les devants pour éviter le pire. Il pivota légèrement sur le côté pour se mettre à la distance idéale qui lui permettrait de le sécher avant qu'il ne sorte son arme. Sans doute un coup de pied pénétrant, bien placé au niveau du foie ou des côtes flottantes.

La main de l'homme le plus âgé se posa sur l'épaule du jeune.

— Nous allons vous aider… C'est moi qui ai appelé la police.

La tension s'évanouit d'un seul coup. L'homme avait décidé de jouer cartes sur table et il avait visiblement l'autorité pour le faire.

— OK… Alors expliquez-moi exactement ce que vous avez vu.

— Il y avait beaucoup de neige hier soir…

— Beaucoup oui. Mais vous avez vu le corps.

— Je remontais le long de la bande d'arrêt d'urgence. Il y avait une voiture arrêtée.

19

Professeur Philippe Roody. Neurologue. La plaque en cuivre était accrochée à l'entrée d'un immeuble haussmannien de la rue Édouard-Manet, à deux pas de la place d'Italie. Anna avait longuement hésité à rappeler le professeur, mais la menace qui planait désormais sur Nathan avait fini de la convaincre. Quelques jours après le rapport envoyé par l'école, elle avait reçu un coup de téléphone de l'administration et s'était rendue à un entretien avec une assistante sociale mandatée pour évaluer la situation.

Nathan ne souffrait plus du dos, son hématome avait considérablement diminué, et il ne semblait toujours pas se souvenir de ce qui s'était passé. La fonctionnaire avait vérifié les informations qu'elle possédait sur la famille Renucci-Leroy et n'avait pas désiré poursuivre l'enquête plus loin. D'un côté, Anna était rassurée, se retrouver suspectée de maltraitance sur son propre enfant lui donnait envie de vomir, de l'autre, elle ne pouvait se résoudre à oublier les faits : quelqu'un avait frappé son fils ! Toutes ces données se bousculaient dans sa tête et l'avaient amenée à retrouver la carte du beau professeur Roody, seule personne attentive et bienveillante rencontrée depuis son accident.

Philippe Roody habitait un petit appartement meublé avec le goût d'un antiquaire. Le parquet, point de Hongrie authentique, se mariait parfaitement avec le mobilier en marqueterie et la cheminée style Louis XIV en fonte et marbre rouge.

Sur les murs, des peintures, visiblement du même artiste, passaient du réalisme au cubisme en une sorte de chemin pictural menant de l'entrée de l'appartement au salon.

— Ce sont les œuvres d'un de mes anciens patients, commenta Roody. Il souffrait d'une pathologie mentale liée à un dysfonctionnement du cerveau gauche qui lui faisait peu à peu perdre le sens des réalités. Cela s'est traduit dans son travail de peintre.

Anna était impressionnée. L'écart entre le premier tableau, représentant une femme brune dont on devinait la moindre aspérité de la peau, et le dernier formé exclusivement d'ovales et de courbes, montrait à quel point cet homme avait perdu le contact avec la réalité.

Un peu comme toi, s'amusa la voix.

— À notre dernière rencontre, vous avez dû partir précipitamment pour votre fils. Il va bien ?

— Pas vraiment. C'est en partie pour cela que je suis venue vous parler.

Roody la fixait de son regard bleu. Il y avait quelque chose d'hypnotisant dans ses yeux. Elle aurait adoré pouvoir s'y perdre.

— Eh bien, je vous écoute. Vous voulez un café ou un thé ?

Ils prirent un thé tous les deux, installés confortablement dans deux petits fauteuils club face à la cheminée. Anna lui raconta tout ce qui s'était passé depuis son accident. Depuis la course-poursuite dans le métro jusqu'à l'effraction nocturne et la sensation omniprésente d'être observée qui ne la quittait plus.

— Et vous pensez que c'est lui qui a frappé Nathan ?

— Je ne sais pas. Je ne vois pas d'autre explication.

Roody avait les traits du visage tendus. Dans la semi-obscurité de cette fin de journée hivernale, il paraissait plus vieux et fatigué que son âge.

— Vous en avez parlé à la police ?

— Ils vont me rire au nez.

— Pourtant, ce que vous dites concernant Nathan est extrêmement grave.

— Oui, mais je n'ai pas de preuves !

Le professeur avait sorti son carnet de notes et tournait les pages en scrutant leur contenu.

— La dernière fois, vous m'avez dit que l'homme de votre EMI vous avait menacée de mort…

Anna hocha la tête.

— Et c'est ce même homme que vous avez aperçu dans le métro ? Vous en êtes certaine ?

— Oui, c'est lui. Ça n'a aucun sens !

— Peut-être que si…

Anna était accrochée à ses lèvres.

— Avez-vous déjà entendu parler des EMP… les expériences de morts partagées ? Il s'agit d'une théorie assez récente développée à partir de l'analyse de milliers de témoignages concordants. Le principe est, en gros, que deux personnes bien vivantes peuvent partager une EMI comme celle que vous avez vécue.

— J'ai peur de ne pas bien comprendre…

— Pour faire simple, disons qu'au moment de l'accident, si cet homme était proche ou lié à vous pour une quelconque raison, son esprit pourrait traverser l'étape de décorporation et se retrouver « projeté » avec vous dans l'expérience de mort imminente. Il pourrait voir les mêmes choses que vous et même communiquer.

Anna n'en revenait pas. Pour elle, tout cela relevait de la science-fiction.

— Donc l'homme pourrait bel et bien exister et tenter de rentrer en contact avec vous dans la vie réelle.

— Mais pourquoi a-t-il dit vouloir me tuer ?

— C'est ce qui m'inquiète. Vous avez des ennemis ? Des gens qui vous veulent du mal ?

— Non… Je ne vois pas. Mais cette expérience, cette EMP, vous êtes sûr que ça existe ?

— Totalement.

— Pourquoi ? Ça semble complètement irréel comme théorie… je veux dire, encore plus que les EMI.

Roody avala une gorgée de thé et se leva du fauteuil pour traverser la pièce. Il décrocha du mur un petit cadre au centre duquel se trouvait une photo. On y apercevait le professeur, dix ans plus jeune, en compagnie d'une femme blonde et d'un petit garçon. Il la tendit à Anna.

— Voici ma femme et mon fils, James.

Anna ne comprenait pas bien pour quelle raison il lui parlait soudain de sa vie privée, mais elle sentait, à l'émotion de sa voix, que ce n'était pas le moment de l'interrompre.

— Ils sont tous les deux décédés dans un accident de la route il y a dix ans.

Les yeux du professeur devinrent soudain un peu plus brillants.

— Je les conduisais en vacances chez mes parents, un couple de retraités a pris l'autoroute en sens inverse par erreur et a percuté notre voiture. Je m'en suis miraculeusement sorti, mais ils n'ont pas eu cette chance.

Anna sentit ses entrailles se serrer. Le récit de Roody la ramenait, elle aussi, dans le cercueil d'acier et de verre.

— Durant les secondes où ma voiture a percuté celle qui venait en face, j'ai vécu une expérience de mort partagée. J'étais dans un tunnel de lumière blanche, aspiré vers le haut comme dans une chute libre, mais inversée… Et puis au bout du tunnel se trouvaient Cathelyn et James. Ils étaient paisibles, ils souriaient. Ils m'ont dit que mon heure n'était pas venue, qu'il fallait que je revienne, que j'avais encore des choses à accomplir. Moi, je voulais rester avec eux, mais je n'ai pas eu le choix…

Anna avait les larmes aux yeux. Elle s'essuya avec le coin de sa main.

— Depuis, j'ai consacré chaque jour de ma vie à essayer de donner du sens à ce qui m'est arrivé et j'ai compris que cet accident n'était pas un drame, mais une bénédiction. Ma femme et mon fils sont heureux là-haut, ils m'attendent.

Roody s'était penché pour prendre la main d'Anna posée sur son genou.

— Vous aussi, Anna, vous allez comprendre, je vous le promets.

Anna sentit la chaleur se diffuser de sa main à travers tout son corps. Une seconde, elle désira qu'il la prenne dans ses bras et qu'il la serre de toutes ses forces jusqu'à tout oublier.

— Mais en attendant, j'aimerais vous présenter quelqu'un…

20

Les premiers jours de février avaient définitivement chassé la neige pour laisser place à un froid sec et pénétrant. Les grilles en fer forgé de l'enclos étaient capables de vous coller la chair des doigts aussi rapidement qu'un pain de glace. À quelques mètres en contrebas, on apercevait un étroit monticule en béton entouré par quelques troncs d'arbres placés de manière à pouvoir être escaladés. L'ours se tenait face à son auditoire, assis sur ses fesses, comme au spectacle. Il était occupé à éplucher un morceau de canne à sucre et sa large langue rose fouillait les fibres à la recherche du précieux nectar sucré. Nathan le fixait avec fascination, il avait toujours adoré les animaux, particulièrement les ours et les loups, tous deux parqués dans d'étroits espaces sur le parcours de la ménagerie du Jardin des Plantes. Anna détestait les zoos, et surtout celui-ci, dont la faible superficie, enclavée entre les quais de Seine et le quartier Jussieu, ne permettait pas d'accueillir les animaux dans des enclos adaptés. Mais il fallait bien que leur famille se change un peu les idées et le Jardin n'était qu'à quelques minutes à pied de leur appartement. Alain se tenait en retrait non loin d'Anna, pendant que Nathan se collait à la grille comme hypnotisé par l'animal.

— Ce mec est un illuminé, non ? dit-il en soufflant un nuage de fumée.

— Il est professeur en psychiatrie.

— Et alors ? Ça ne protège pas de la folie. À force de travailler avec tous ces zinzins…

— Ces zinzins sont des gens comme moi, Alain, répondit Anna avec une pointe d'agacement.

— C'est lui qui dit ça ! Tu as eu un accident grave, Anna, tu as été dans le coma. J'ai discuté avec ton médecin et il m'a expliqué que le choc psychologique…

— Je suis une trauma, je sais ! Mais ça n'explique pas tout. On ne peut pas tout mettre sur le dos de l'accident.

— Alors quoi ? Tu fais des voyages astraux ? Non, peut-être que ton professeur y croit, mais pas moi. Et je ne pense pas que ça t'aide à guérir de voir ce type !

— Pourquoi, tu crois que je suis malade ?

Anna avait senti le feu de la jalousie s'allumer dans les paroles d'Alain et elle n'aimait pas ça. Elle ne pouvait s'empêcher de se rappeler les phases sombres de leur couple, hors de question que ça se reproduise, il fallait d'urgence changer de sujet.

— Qu'est-ce qu'on va faire pour Nathan ? demanda-t-elle doucement.

— J'ai essayé de lui parler, mais il ne m'a rien dit.

Alain baissa la voix en apercevant son fils quitter son ours pour avancer vers l'enclos suivant. On y apercevait un couple d'antilopes serrées l'une contre l'autre pour se protéger du froid.

— Moi aussi je lui ai parlé. Il m'a pleuré dans les bras.

— C'est déjà ça. Ça lui fait du bien d'extérioriser ses angoisses.

— Oui, mais il faut quand même qu'on comprenne qui a pu lui faire ça.

Alain ne répondit rien, il fixait le couple d'antilopes avec un air songeur. À quoi pensait-il ? Anna avait l'impression de le savoir. Avant, ils formaient un couple semblable à ces deux bêtes. Ils se serraient les coudes, unis pour les bons et les mauvais moments. Mais depuis la trahison d'Alain, tout avait changé. Ils étaient au mieux deux amis proches qui vivaient sous le même toit et partageaient le même lit. Il faudrait bien un jour qu'ils se rendent à l'évidence.

— On va aux loups, cria Nathan en se dirigeant vers une allée bordée de buissons taillés en formes d'animaux. Maman, tu crois qu'on les verra ?

— Avec ce froid, sûrement ! répondit-elle en lui emboîtant le pas.

Alain les observait quelques mètres en arrière. Si Anna avait pu voir son regard, elle aurait pu y déceler de la colère.

21

Quelque chose au fond de mon crâne est en train de pourrir.

C'est la première idée qui émergea dans l'esprit de Casquette quand il ouvrit les yeux. Une douleur perçante lui martelait la tête depuis des heures. Il avait essayé de s'endormir pour la faire partir, mais elle s'était installée dans sa caboche comme un serpent au fond de son trou. Il porta sa main à la poche de son blouson et attrapa le goulot d'une bouteille de vin. Le liquide rouge sang coula dans sa bouche directement dans son larynx. Dans une autre vie, il aurait apprécié les tanins, cherché à définir le cépage, la région d'exploitation, désormais tout cela n'avait plus d'importance, seul l'alcool comptait comme la promesse diabolique d'un moment de torpeur loin de la réalité et de la douleur. Un moment éphémère dont il paierait plus tard le prix fort.

Depuis sa rencontre avec la créature du bois et la mort de Virgile, il était retombé dans la picole et s'enfonçait chaque jour un peu plus profond dans le trou de sa tombe.

Cette nuit de décembre au fond des bois lui avait tout pris sans concessions. Les flics avaient mis deux heures à retrouver Virgile. Il se planquait dans une souche, affamé et à moitié mort de froid. Ils l'avaient abattu sur place, un tir de fusil hypodermique chargé d'une solution létale avait suffi. Virgile s'était allongé sur le côté, convulsant nerveusement en ouvrant sa gueule pour chercher une dernière bouffée d'air avant le noir total. Casquette l'avait regardé mourir comme on accompagne un parent qui se jette dans les bras de la faucheuse. Ensuite, il avait décidé de disparaître pour de bon. Cinquante années de survie sur cette planète lui avaient appris tout ce qu'il devait savoir, à quoi bon continuer plus longtemps à répéter les notes d'un morceau qu'il connaissait par cœur et dont la mélodie le dégoûtait. Mais la mort ne se donne pas si facilement, et le courage lui avait manqué par deux fois au moment de sauter sur les rails du métro. La bouteille avait sapé les dernières forces qui lui restaient et l'avait transformé en zombie embarqué pour un long et douloureux voyage vers le néant et l'oubli.

Jusqu'au moment où les rêves avaient commencé.

Il se tenait seul dans la neige, entre les trois grands arbres décharnés. Tout était d'une blancheur immaculée, blanc comme la mort. La créature traçait une spirale sur le tronc d'un arbre avec la pointe de son couteau. Casquette apercevait son visage, beau et lisse comme celui d'un enfant. Tout autour d'eux, la nuit était un vaste écran noir percé d'étoiles où se projetaient les couleurs irréelles d'une aurore boréale. Casquette n'avait pas peur, il était planté droit face au messager qui devait lui délivrer un secret que Dieu

Le visage de Zed changea du tout au tout. Elle semblait avoir retrouvé toute son attention.

— Vous êtes sûre ?

— Non seulement j'en suis sûre, mais en plus, je vous ai rapporté quelque chose à lui transmettre.

Anna sortit de son sac la chaussure en vieux cuir et la déposa sur le bureau du commissaire.

— Vous feriez bien de le trouver, il a parlé avec le tueur.

Anna disparut du bureau, laissant le flic perdu dans un labyrinthe de perplexité…

— Quel genre de voiture ? Quel modèle ?

— Une voiture grise. Une Lada.

— Lada ?

Zed n'avait pas vu de Lada depuis son voyage en Arménie soviétique dix ans plus tôt. La marque russe avait bien une filiale française, mais elle exportait principalement dans les pays de l'Est.

— Oui. Il y avait quelqu'un qui était penché vers le sol.

— Un homme, une femme ?

— Je ne sais pas, il portait une parka militaire avec une grosse capuche.

— Et qu'est-ce qu'il faisait ?

— Je me suis rapproché et…

L'homme hésitait et il échangea un regard avec les deux autres.

— Il avait un couteau dans la main… avec du sang. Quand j'ai vu ça, j'ai couru jusqu'ici et j'ai appelé pour dire qu'il s'était passé quelque chose.

— Vous n'avez pas vu son visage ? Aucun autre détail ?

L'homme secoua la tête. Une silhouette avec une parka militaire. C'était le second témoin à avoir aperçu le tueur sans pouvoir l'identifier. Le premier, un SDF qui avait planté sa tente dans le bois à proximité de la scène de crime, avait juré ne rien avoir vu avant de disparaître dans la nature en faussant compagnie aux enquêteurs de la brigade. Une lumière rouge s'alluma quelque part dans les rouages du flic. Tous les assassins s'exposent à être découverts lorsqu'ils décident de tuer à l'extérieur. C'est pour cette raison que beaucoup de crimes prémédités se déroulent dans des appartements, des caves ou des lieux désaffectés. Pourtant, il sentait que quelque chose clochait. Cet homme, ultra-organisé, capable d'ôter la vie sans aucun remords, s'était fait surprendre par deux fois. Jamais il n'avait tenté de se débarrasser de ces témoins gênants. Au contraire, il les avait fixés, comme s'il cherchait un public. Était-ce une sorte de jeu qu'il voulait entamer avec la police ? Souhaitait-il être découvert ? Il était trop tôt pour émettre une hypothèse fiable. Bien trop tôt.

22

La rencontre eut lieu dans la salle surchauffée d'un café parisien des alentours de Bastille. Anna avait écouté les conseils du professeur Roody et accepté ce rendez-vous avec « une personne exceptionnelle » censée l'éclairer sur la portée de son EMI. Elle arriva un quart d'heure en avance et trouva le professeur plongé dans la lecture de son petit carnet de notes.

— J'aime beaucoup, dit-il en levant la tête.

Anna avait décidé de mettre en pratique ses nouvelles résolutions. Elle avait fait couper ses longs cheveux noirs en un carré à la nuque qui était désormais rasée. Roody était le premier à la voir comme ça, elle était certaine qu'Alain allait détester. Elle s'assit à la table du professeur, commanda un café bien serré et le fixa droit dans les yeux.

— Ça fait du bien de changer, en tout cas.

— Je suis certain que vous n'imaginez pas le nombre d'expérienceurs qui ont complètement transformé leur look après leur EMI.

— Je ne suis pas très originale, je sais…

— Ce n'est pas ce que je voulais dire. En fait,

j'essaie juste de vous montrer qu'il ne faut pas trop s'inquiéter. Ce que vous vivez a beau avoir l'air terrifiant, je suis certain que vous finirez par vivre positivement tout ça lorsque les remous traumatiques se seront estompés.

Les remous traumatiques ? Qu'est-ce qu'ils ont tous avec ça ? C'est une manière de dire que tu es siphonnée du cerveau, ma vieille.

Roody tentait de la rassurer, mais Anna n'en croyait pas un mot. Même si l'homme à la barbe et aux lunettes en acier n'était pas réapparu depuis plusieurs jours, elle continuait par intermittence à rêver de lui, à revivre inlassablement son voyage dans la lumière noire et à se sentir épiée lorsqu'elle se trouvait seule. Aucune chance de vivre positivement avec ça, c'était déjà un miracle qu'elle ne décide pas de se faire sauter la cervelle.

— Ah ! La voilà !

Le visage de Roody venait de s'éclairer d'une expression qui trahissait son affection pour la personne qui venait d'entrer dans le café. Anna sentait une pointe de jalousie lui serrer le cœur. Au fil des rendez-vous et des discussions sur son accident, elle avait créé une intimité avec le professeur ; intimité qui virait petit à petit à quelque chose d'affectif dans le fouillis de ses sentiments. Elle n'était sans doute pas encore prête à se l'avouer, mais elle tombait amoureuse.

Anna se retourna et découvrit une jeune femme, pas plus de vingt ans, à la beauté toute en blondeur. Tout en elle, depuis sa silhouette longiligne à son visage diaphane et ses yeux vert émeraude exprimait la douceur. Elle aussi possédait ce sourire intérieur qui éclairait son visage et semblait magnifier chacun de ses gestes. Elle portait des vêtements simples, un jean, un caban, un bonnet en grosses mailles et tenait à la main une canne blanche. Elle était aveugle.

— Audrey, nous sommes là !

La jeune femme tourna instantanément la tête dans leur direction et navigua avec dextérité entre les tables et les garçons de café pour venir les rejoindre. Comment pouvait-elle se mouvoir avec autant de facilité malgré son handicap ? Audrey palpa le contour d'une chaise et vint s'asseoir à côté d'Anna.

— Je suis désolée, je pense être en retard.

— Pas du tout ! C'est nous qui sommes en avance.

Anna détailla son visage. Le front haut et lisse, les sourcils fins, les yeux d'un vert d'une profondeur abyssale, le petit nez aquilin et la bouche charnue. Cette fille avait une beauté envoûtante.

— La notion de temps est difficile à saisir pour une aveugle, dit-elle en souriant.

Roody fit les présentations et expliqua à Audrey à quel point l'expérience d'Anna avait été traumatisante. Elle écouta attentivement, semblant analyser chaque mot, chaque observation. Lorsque le récit fut terminé, elle eut un soupir.

— Mon Dieu c'est tellement triste pour vous, Anna.

Anna ne sut quoi répondre. Une fois de plus, elle se demanda pourquoi elle était là. De toute évidence, Audrey n'avait rien à voir avec elle.

— Il serait intéressant, Audrey, que vous lui racontiez votre EMI. Anna a besoin de se rassurer sur le caractère « positif » de cette expérience et vous êtes un des cas les plus remarquables que j'ai étudiés.

La jeune femme ne se fit pas prier. Elle avait déjà raconté des dizaines de fois ce qui lui était arrivé lorsqu'elle s'était retrouvée percutée, accidentellement, par un véhicule lancé à toute vitesse. Son voyage dans l'autre monde cumulait la plupart des étapes décrites par les expérienceurs. La décorporation et l'impression de voler dans une enveloppe éthérée, une forme astrale souple et agile. Ensuite la traversée du tunnel de lumière blanche jusqu'à la rencontre avec « l'être de lumière ». Dans le cas d'Audrey, il s'agissait d'une personne qu'elle ne reconnaissait pas, et pour cause, aveugle de naissance, son EMI lui avait accordé le don de la vue. Elle comprit bientôt que c'était son grand-père qui la recevait dans l'au-delà et lui proposait de revoir une sélection symbolique de sa vie. L'étape de la « revue de vie » fut particulièrement émouvante pour elle, car pour la première fois, elle put voir ses parents, ses amis, ses proches et vivre pleinement leur amour. Elle se rappelait particulièrement une scène dans laquelle une femme blonde donnait le bain à un bébé. Le visage aimant de sa mère ne la quitterait plus désormais, et elle serait prête à revivre la douleur de l'accident pour le voir à nouveau. Lorsque le film se termina, l'être de lumière lui demanda si elle voulait rester avec lui ou retrouver son corps. Elle n'eut apparemment pas le temps de répondre et se sentit immédiatement projetée dans son corps physique. L'être avait-il choisi pour elle ? Elle s'était longtemps posé la question avant de comprendre que le fait d'avoir pu « voir » l'amour des gens qui l'entouraient avait généré en elle la volonté absolue de les retrouver. Son expérience de mort imminente lui avait montré en quoi la vie était si précieuse, qu'on soit valide ou handicapé… Lorsqu'elle termina son récit, Anna était en pleurs. Le courage de cette jeune fille, aussi bien pour surmonter son handicap que pour accepter son voyage dans l'autre monde forçait l'admiration.

— C'est une histoire magnifique, Audrey…

— Je ne connais pas tous les récits, il y a très peu d'ouvrages sur les EMI accessibles en braille, mais de tout ce que j'ai pu entendre, la plupart des voyages dans l'autre monde comportent leur part de poésie et d'émotions.

— Oui, c'est ce que j'ai cru comprendre, dit Anna. Malheureusement, pour moi, ça ne s'est pas déroulé comme ça…

— Je pense que même si tout cela vous paraît négatif, il doit y avoir un sens caché. On ne vit pas une EMI par hasard, mais dans un but de réconciliation avec soi-même. On la vit pour faire le bien.

Pour la première fois, la voix intérieure d'Anna ne fit pas de commentaire désobligeant. Et si elle avait raison ? Si Anna était en vie pour « faire le bien » ?

23

Son rendez-vous avec Audrey lui avait remonté le moral. Enfin, le nuage plombé de ses angoisses se dissipait un peu pour laisser percer une lueur d'espoir. Son voyage dans l'autre monde n'était pas juste un cauchemar éveillé destiné à la faire dépérir, il avait sans doute une signification cachée, un rôle latent, mais primordial, qu'il lui fallait découvrir.

Faire le bien.

Elle sentait qu'il y avait une vérité fondamentale dans cette idée, même si elle n'était pas encore totalement claire.

Peut-être avait-elle une mission, quelque chose à accomplir qui serait bénéfique pour elle et pour les autres. Audrey avait bien insisté sur le côté altruiste de sa nouvelle vie, elle s'était même engagée dans une cause humanitaire. Anna suivrait sa voie, il y avait tant à faire pour apporter sa pierre à l'édifice, tant de souffrances à apaiser dans le monde.

— Tu es resplendissante ce matin ! Tu as bien fait de les couper.

Betty la fixait avec des billes rondes en portant sa tasse de thé vert bio aux lèvres.

— Oui, j'en ai eu marre.

— Ça fait du bien de changer. C'est comme un nouveau départ.

— Exactement.

Betty avait raison. Anna avait la ferme intention de marquer ce jour d'une pierre blanche et d'oublier tout ce qu'elle avait vécu depuis l'accident. Mieux, elle décida de considérer toute cette expérience comme une énigme à résoudre pour accéder à sa nouvelle vie. Une vie pleine de lumière.

— C'est toi qui t'occupes de l'expo ?

La bibliothèque Forney conservait dans ses archives la plus grande collection d'affiches publicitaires de la capitale. Elle y consacrait régulièrement des mini expos à l'attention du grand public et des étudiants en arts graphiques.

— Oui, je vais accrocher ça dans la grande salle, répondit Anna avec entrain.

— Je vais te filer un coup de main pour ranger les périodiques. On a beau leur demander de les remettre à leur place, ils les laissent toujours traîner sur les tables.

— Laisse tomber, je m'en occupe.

Une énergie nouvelle semblait couler dans ses veines, quelque chose de cosmique qui contrebalançait les effluves telluriques qui la gangrenaient depuis trop longtemps. Ces perspectives de bonheur donnaient un sens à sa vie et la remplissaient. Ce soir, elle parlerait à Alain pour s'excuser de son comportement. Depuis l'accident, elle n'avait pas cessé de le rejeter sans jamais le moindre remerciement pour ses efforts. Il

était temps de prendre les choses en mains si elle ne voulait pas que son couple parte à la dérive de manière irrémédiable. Alain avait des défauts et il l'avait trahie, mais ça ne s'était pas reproduit et il lui avait prouvé maintes fois depuis qu'il l'aimait. C'était sans doute le moment d'arrêter le processus de guérilla qu'elle avait instauré entre eux. Voilà un des premiers enseignements qu'elle devait tirer de son EMI.

Anna traversa le grand couloir voûté qui menait à la salle principale. Elle se sentait entourée d'une aura bienveillante, la froideur de la pierre ne parvenait plus jusqu'à elle.

Il n'était pas loin de midi et la bibliothèque se vidait peu à peu de ses occupants, principalement des étudiants préparant leurs partiels. Anna commença à rassembler la masse de magazines et de journaux abandonnés sur les tables pour aller les ranger sur les présentoirs où ils étaient proposés en consultation libre. Un exemplaire de *Parents* montrait une jeune femme brune tenant un nourrisson dans les bras. Le petit chou attrapait une boucle des cheveux de sa mère avec ses doigts potelés. Anna sentit un petit vague à l'âme. Et si elle retentait le coup ? À trente-huit ans, elle était encore suffisamment fertile et énergique pour concevoir et s'occuper d'un bébé. Alain et elle avaient toujours voulu donner une petite sœur à Nathan. C'était peut-être le moment de faire le deuil de sa fausse couche ? Le professeur Roody ne s'était pas trompé en lui présentant Audrey, elle avait déjà une influence incroyablement positive sur sa vie !

Anna souriait en attrapant une pile de quotidiens éparpillés en vrac. Le soleil filtrait à travers les vitraux donnant à la pièce des allures de cathédrale. Et puis un nuage vint obscurcir la scène. Elle tenait dans ses mains un exemplaire du journal *Le Parisien* en date du début de l'hiver. Son visage se figeait à mesure que l'angoisse montait dans son ventre. Une seule image avait suffi à balayer l'intégralité de ses nouveaux espoirs et à réduire le travail du professeur Roody à néant. Sur la première page du quotidien, on apercevait un paysage enneigé : trois arbres décharnés recouverts de givre.

24

Elle s'appelait Laetitia Gunther et elle avait dix-huit ans. Le tueur l'avait étranglée avant de lui arracher les yeux et d'abandonner son corps mutilé dans la forêt de Vincennes. L'article du *Parisien* ne donnait pas beaucoup de détails, si ce n'est que le cadavre avait été découvert dans les premiers jours de décembre et que la police criminelle parisienne était chargée de l'enquête. Anna avait cherché des journaux plus récents, mais ils ne faisaient plus référence au meurtre. Pourtant, la photo prise sur la scène de crime montrait clairement trois arbres décharnés, ceux-là mêmes qu'elle avait aperçus dans son cauchemar. Elle y avait pensé toute la journée, et l'idée qu'elle puisse avoir été témoin, en rêve, d'un meurtre perpétré dans la vie réelle l'obsédait. Vincennes n'était qu'à une petite dizaine de stations de métro de son travail et elle avait décidé de se rendre sur place.

Les escaliers du métro donnaient sur une grande avenue face à l'imposant château de Vincennes. La construction du XIVe siècle dressait ses murailles de pierre et son donjon vertigineux aux portes de Paris. La petite ville de Vincennes s'étalait tout en longueur entre le château et le bois. Ses larges rues pavées et la place piétonne ouverte sur une belle église au fronton blanc donnaient à la ville des airs de province. Le poumon parisien filtrait l'air vicié de la capitale grâce à ses cinq cents hectares de verdure. Pourtant, c'était quelque part au milieu de cette oasis que le piège s'était refermé sur Laetitia Gunther et il fallait trouver où…

Elle traversa l'avenue de Paris, longea le château sur son flanc est et passa devant le Parc floral avant d'atteindre l'accès à la forêt. Ici, le béton et l'asphalte disparaissaient progressivement pour laisser la place à des chemins qui s'enfonçaient dans la végétation. Très rapidement, on oubliait la grande ville pour se laisser perdre dans un labyrinthe de troncs et de branchages brûlés par le froid. La neige qui avait cessé de tomber depuis une semaine s'était transformée en un mince tapis de gel qui rendait toute progression difficile. Anna n'avait aucune idée de l'endroit où elle devait aller. Le journal, pas plus que son rêve, ne mentionnait la localisation de la scène de crime.

Elle décida de se laisser guider par son intuition.

Une idée de foldingue !

Pourquoi pas ? Après tout ce qui lui était arrivé, Anna n'en était pas à une folie près.

Elle marcha un bon kilomètre sur un étroit chemin bordé de petits arbustes. Les quelques traces récentes sur le mince filet de neige glacée montraient qu'il devait s'agir d'une route fréquentée, au moins

partiellement. Elle arriva à un croisement donnant à droite sur un étroit passage taillé dans un fatras de branchages morts. Anna hésita. Ce nouvel axe semblait bien plus isolé, mais en même temps, elle n'était pas là pour faire du tourisme. Pourtant, une balade de ce genre était toujours risquée pour une femme seule. La forêt avait beau être un havre de paix, on pouvait y faire de mauvaises rencontres. Anna était sur le point de continuer sa route sur l'axe principal lorsqu'elle remarqua un détail sur un tronc du côté inverse. Une spirale taillée au couteau.

Son pouls s'accéléra, ce symbole, elle l'avait déjà vu dans ses rêves. Le tueur le traçait avec son poignard.

Tu ferais mieux de partir tant que tu le peux.

La voix exprimait la peur pour la première fois.

Anna fit demi-tour et se baissa pour passer entre les branchages. Elle traversa une petite prairie semblable à un lac gelé et suivit le sentier à travers un dédale de hauts pins dont les faîtages formaient un toit opaque. L'obscurité s'épaissit, rendant l'atmosphère de plus en plus inquiétante. Son ventre commença à gargouiller. Une boule d'angoisse lui tiraillait l'estomac, elle savait qu'elle n'était plus très loin.

Face à elle, un épais tronc de chêne était planté dans le sol comme un totem géant. Elle aperçut une nouvelle spirale profondément gravée par la pointe d'un poignard. L'écorce meurtrie laissait couler un flot de sève brunâtre qui formait une boursouflure donnant du relief au motif. Elle fixa la spirale, comme hypnotisée par sa régularité et l'étrange alchimie de sa géométrie. Elle ferma les yeux quelques secondes pour reprendre ses esprits. Lorsqu'elle les rouvrit, tout avait changé : le monde qui l'entourait avait perdu sa couleur. Elle évoluait maintenant dans un univers en noir et blanc digne d'un vieux film d'épouvante.

Tu rêves ! Tu rêves depuis le début ! Le journal lui-même était peut-être un rêve.

Anna se retourna dans tous les sens. Les contrastes rassurant de la chromie laissaient place à des noirs profonds et des blancs scintillants.

Il faut partir d'ici !

Cette fois la voix avait raison. Elle n'aurait jamais dû venir se perdre dans l'antre de la bête. Il était peut-être déjà trop tard.

Des bruits de pas résonnèrent dans son dos. Anna se retourna avec la rapidité d'un animal traqué et aperçut la grande silhouette d'une femme moulée dans une robe blanche : Laetitia Gunther !

La jeune femme se trouvait là, à quelques mètres d'Anna, et elle avançait doucement sur le chemin. Son visage fin d'une blancheur éclatante contrastait avec l'obscurité qui l'entourait. Elle leva la tête en direction d'Anna et continua sa route sans réaction.

Elle ne me voit pas !

Anna était-elle dans un rêve ou était-ce le fantôme de la jeune femme qui venait de lui apparaître ? Elle ne le savait pas, mais elle sentit que la vérité se trouvait cachée là, quelque part dans la forêt. Faire demi-tour, c'était lui tourner le dos et peut-être aller contre son destin ?

Tu dois faire le bien !

C'était la mission d'Anna, sauver l'âme de cette pauvre fille assassinée dans les bois ! Elle prit une profonde inspiration et sortit de sa cachette pour suivre Laetitia à travers ce monde en deux couleurs. La forêt était maintenant étonnamment dense. De nouvelles espèces aux branches acérées comme des piques formaient un labyrinthe végétal qui s'étalait sur le flanc d'une colline. Anna progressait avec difficulté, suivant la jeune fille du regard alors qu'elle disparaissait en haut de la crête.

Il faut que j'accélère, je ne dois pas la laisser tomber.

Elle n'était qu'à une dizaine de mètres lorsqu'elle se prit le pied dans une souche et s'égratigna la paume en tentant de se rattraper. Sa cheville lui faisait mal et des gouttes de sang perlaient de sa main. En y regardant de plus près, ce qu'elle avait pris pour une souche d'arbre était en réalité une vieille botte en cuir qui traînait là, à moitié enfoncée dans la glace. Elle regardait le liquide noir couler de sa main sur le sol lorsqu'un hurlement lui transperça les tympans.

Il l'a tuée.

Son regard se porta immédiatement vers le sommet de la colline qu'elle commença à gravir à toute vitesse.

Trois arbres décharnés se dressaient là comme des autels célébrant la gloire d'un dieu impie. Laetitia Gunther était couchée sur le dos, l'homme se tenait sur elle et l'étranglait avec ses mains gantées. Anna poussa un cri, mais l'homme ne bougea pas. Il continuait à serrer le cou, enfonçant ses doigts dans la chair. La jeune femme cessa de se débattre, la vie l'avait quittée.

Anna était figée sur place, témoin d'un meurtre

qu'elle ne pouvait empêcher. Un meurtre qui appartenait au passé.

L'homme se redressa et scruta les alentours de ses yeux perçants. Anna se tenait à moins de trois mètres de lui, illuminée par les pâles rayons de la lune.

Lui non plus ne me voit pas.

Anna était réduite à l'état de fantôme. Elle était en train d'assister à l'horreur sans pouvoir rien faire.

L'homme sortit son poignard et se pencha sur le cadavre. La lame s'enfonça à la base de l'œil et vint sortir le globe oculaire de son orbite comme on décroche une huître de sa coquille. La lame effilée trancha le nerf sans résistance. Anna tomba à genoux et vomit. C'était donc ça les derniers instants de cette pauvre fille. Deux mains froides qui vous enlèvent la vie ! La haine à l'état pur qui vous charcute dans un désir de violence transcendant la mort ! L'homme fit de même avec l'autre œil et se redressa tenant ses trophées dans ses gants en cuir. D'un geste sec, il les jeta au loin sur le sol, ultime marque de domination et de mépris. Anna réussit à reprendre le contrôle de ses jambes. Elle avait l'impression que toute force l'avait abandonnée, sa tête tournait et une nausée violente ne la quittait pas. Elle crut entendre un bruit derrière elle… un chien arrivait en aboyant. L'homme recula dans un bosquet et mit un genou à terre alors que l'animal, un beau berger allemand, commençait à renifler le cadavre.

Anna se pencha en arrière et constata qu'une silhouette grimpait la colline vers elle.

Aidez-la, cria-t-elle sans espoir d'être entendue.

Le chien grognait sur le cadavre et son museau

était maintenant couvert de sang. Il planta ses crocs dans une jambe et commença à tirer violemment, s'arc-boutant sur ses pattes arrière. Le tueur attendait silencieusement dans sa cachette, observant le spectacle. Un homme de haute stature portant une longue barbe blanche et une grosse tignasse grisonnante apparut sur la crête. Il lui manquait une chaussure.

— Virgile, arrête putain ! Arrête !

Il sortit une bombe lacrymogène et tira sur le chien qui lâcha sa proie. L'homme tomba à genoux et tenta en vain de ranimer la jeune fille. Anna était là, à côté de lui, elle ne perdait pas une miette de ce moment d'horreur figé pour l'éternité.

L'homme recula et fixa le bosquet où se trouvait le tueur. Il l'avait vu. Anna retint son souffle lorsqu'il sortit de sa cachette et se pencha à l'oreille de l'homme, marmonnant quelques mots inaudibles.

Soudain, la colline tout entière s'illumina d'un blanc intense qui obligea Anna à se protéger les yeux avec ses mains. Lorsqu'elle les ouvrit, les couleurs du monde avaient réapparu. Elle se trouvait toujours au sommet de la colline, entre les trois troncs décharnés. Elle était seule. Tout autour d'elle, la forêt avait repris une apparence normale et rien ne trahissait l'horreur qui s'était déroulée ici.

Tu t'es endormie et tu as rêvé.

C'était l'explication la plus plausible. Sauf qu'Anna avait les mains en sang et tenait serrée contre sa poitrine une vieille botte en cuir…

25

« La première chose que j'ai vue lors de mon réveil à l'hôpital était une fleur et j'ai pleuré. Croyez-le ou non, je n'avais jamais réellement vu une fleur auparavant, avant d'être revenue du royaume de la mort. »

Témoignage d'Hélène F.,
patiente du professeur Philippe Roody.

36 quai des Orfèvres. Une adresse mythique sonnant comme un cliché pour les amoureux du polar. C'était pourtant toujours le siège de la Crim parisienne, unité d'élite dont les officiers se voyaient confier les enquêtes les plus complexes. Zed était rentré dans la maison à tout juste vingt ans et avait grandi en usant les sièges de la brigade des stupéfiants avant de monter un étage pour rejoindre la prestigieuse police criminelle. Les 105 marches en lino noir du grand escalier, les murs vieillis un peu jaunis et l'enfilade de petits bureaux résumaient tout son univers. Presque vingt ans d'une vie de flic l'avaient façonné en profondeur, gommant ses illusions et ses espoirs, rongeant sa vie privée jusqu'à l'anéantir. Comme beaucoup de

ses collègues, il vivait, respirait, pensait flic et il était prêt à parier qu'il en mourrait également. Pourtant, son univers intime ne se résumait pas à un champ de ruines, il subsistait quelque part, tout au fond de son âme une petite lumière, une lueur d'espoir qui le guidait dans les ténèbres. Zed était croyant et cela faisait toute la différence.

Pourquoi les yeux ? pensa-t-il.

Cette question le taraudait depuis le premier meurtre survenu six mois plus tôt. Quatre filles, toutes des prostituées, habituées des boulevards parisiens, avaient été abordées, accompagnées dans un endroit reculé avant d'être étranglées et énucléées avec une lame. Aucun rapport sexuel, aucun marqueur biologique sur les corps, le tueur ne semblait pas associer sa pulsion morbide à une sexualité active.

Il était sûrement impuissant, la plupart des tueurs en série le sont. Zed connaissait bien ses classiques et savait que l'impuissance entraîne chez certains tueurs la surcompensation par un passage à l'acte marqué par l'ultraviolence. Étrangler était une chose, mais enlever les yeux de sa victime… Cet acte avait forcément une signification importante pour le tueur, un symbolisme caché.

Ce n'était ni un collectionneur ni un perfectionniste, car les globes oculaires étaient systématiquement retrouvés sur place et l'étude des corps montrait chaque fois une certaine maladresse dans la boucherie qui suivait la strangulation. Ce geste monstrueux qui consistait à transformer ces filles en poupées aux orbites vides était réalisé brutalement et sans talent particulier comme une nécessité frénétique. Pourquoi ?

Les yeux sont le miroir de l'âme, cherchait-il à atteindre leur âme après avoir anéanti leur chair ?

— Zed, y a quelqu'un pour toi...

Christian Lamontagne, un collègue aux épaules de déménageur et à la barbe blonde, attendait une réponse dans l'encadrement de la porte.

— C'est qui ? répondit Zed sans lever les yeux de l'écran de son ordinateur.

— Une nana qui est venue à l'accueil. Elle dit qu'elle sait quelque chose sur le meurtre de Laetitia Gunther.

Zed recevait rarement les témoins se présentant directement au 36. Généralement, il les routait sur des collègues OPJ qui filtraient les mythos pour lui éviter de perdre du temps. On n'avait pas idée du nombre de gens qui profitaient d'une affaire pour se faire mousser en n'ayant pas peur d'aller jusqu'au faux témoignage. C'est ce qu'on appelle la société du spectacle, tout le monde a besoin de se mettre en scène, de se montrer, d'avoir un public. Il était d'ailleurs de plus en plus courant de retrouver des truands en cavale en les traçant sur Facebook ou sur Twitter, même les terroristes se vantaient de leurs exploits sur les réseaux sociaux.

— Fais-la monter, je vais la voir.

Concernant cette affaire, Zed n'avait pas assez de biscuits pour faire la fine bouche. Il aurait tout donné pour avoir une piste sérieuse et solide, ce qui n'était pas le cas pour l'instant.

Sa vérification sur les Lada grises auprès des assureurs avait fait émerger une liste de clients assez réduite, mais la plupart résidaient à l'étranger. Il avait fait une demande auprès d'Interpol pour récupérer une information centralisée. Ça demanderait du temps.

Zed jeta un coup d'œil sur la droite de son bureau. Plusieurs coupures de presse étaient scotchées sur le mur. On le voyait, lui et son ancien groupe des stups, lors d'une saisie record faite en banlieue nord ou à l'arrestation d'un caïd de cité. Au milieu de ce patchwork de souvenirs de guerre se trouvait une petite croix en bois sombre. Le Christ était mort pour laver les péchés de l'humanité. Parfois, Zed se demandait si cet acte d'amour avait réellement un sens. En attendant que son nouveau témoin arrive, il se servit une tasse de café, sa cinquième de la journée. Il n'attendait rien de particulier de ce nouveau témoignage.

Il avait tort.

26

Ils vont t'interner.

La voix ne cessait de marteler ses doutes dans l'esprit d'Anna. Mais ce qui venait de se produire dans le bois de Vincennes ne lui laissait pas le choix. Elle savait désormais que le tueur avec lequel elle communiquait par voie onirique n'était pas simplement la transposition de son angoisse. Il existait bien et il avait tué, au moins une fois. Malgré l'horreur de cette découverte, Anna sentait en elle une sensation de soulagement. Son expérience noire prenait enfin un sens, une direction claire, elle devait tout faire pour stopper cet homme et l'empêcher de tuer à nouveau. Ce serait sa manière de « faire le bien », sa nouvelle mission.

Le Palais de justice se trouvait sur l'île de la Cité, à quelques centaines de mètres du café où elle avait partagé un chocolat chaud avec le professeur Roody. Elle s'était rendue directement à l'accueil et avait demandé à parler à un officier de la police criminelle. On l'avait interrogée dans un petit bureau du rez-de-chaussée, on avait passé un coup de téléphone puis on lui avait demandé de patienter. Quelques minutes plus tard, un géant barbu portant un tee-shirt « F..K the Police » était venu la chercher et l'avait accompagnée dans la tour pointue du 36. Une longue volée de marches, quelques couloirs étroits et la voilà devant la porte d'un minuscule bureau, celui du commandant Azad Pakazian.

La quarantaine sportive, cheveux noirs, teint mat qui contrastait avec ses yeux clairs, le commandant la fixait avec un visage amical. Cet homme avait une présence rassurante qui dissipa ses dernières angoisses. Elle était prête à se jeter dans l'arène. Elle se présenta, expliqua brièvement qu'elle avait entendu parler du meurtre par la presse et s'était rendue sur place. La suite fut plus compliquée.

— Excusez-moi, mais je n'ai pas bien compris…

Le visage du flic n'avait pas changé d'expression, à peine un léger froncement de sourcils.

— Je sais que c'est difficile à croire, mais j'ai assisté au meurtre. J'étais là, en haut de la colline… J'ai vu le corps de Laetitia sur le sol, j'ai vu l'homme au poignard la tuer.

— Vous avez assisté comment ? Une sorte de vision ?

— Je dirais plutôt un rêve éveillé.

— Vous dormiez ?

— Non… J'étais plutôt… dans une autre version de la réalité. Je ne dormais pas, répondit-elle sans hésitations.

— Une sorte de transe alors ?

— Je ne sais pas comment appeler ça.

Elle avait décidé de ne pas mentionner le monde en noir et blanc histoire de ne pas forcer le tableau.

— Vous avez souvent ce genre de rêve éveillé ?

— Non. Mais disons que depuis mon accident, je ressens la réalité différemment.

Zed la fixait maintenant avec intensité, elle pouvait sentir le rayonnement de sa volonté tenter de percer ce qui se cachait dans son esprit.

— Parlez-moi de l'homme au poignard.

— Il était petit, barbu et portait des lunettes.

— Comment était-il habillé ?

— Une parka militaire avec une capuche je crois.

— Et son arme ?

— Un poignard… un poignard de chasse avec des crans.

— Vous avez remarqué ce détail ?

Bien sûr qu'elle avait remarqué ce détail ! Cette lame lui avait déchiré le ventre !

— Il y avait un chien aussi, un berger allemand. Il… dévorait le cadavre.

Zed inspira longuement et jeta un coup d'œil à l'écran de son ordinateur.

— Vous ne me croyez pas ?

— Je suis désolé, mais tout ce que vous venez de me raconter est paru dans la presse. Et puis ces histoires de visions…

— Mais pourquoi je vous mentirais ?

— Ça, c'est à vous de me le dire. Les gens font des trucs insensés pour qu'on les écoute.

Anna perdit toute sympathie pour le flic. Non seulement il ne la croyait pas, mais en plus il insinuait qu'elle était là pour soulager un sentiment de solitude.

— Je ne mens pas ! J'ai vu le meurtre comme je vous vois.

— Je veux bien croire que vous ayez vu quelque chose, c'est juste qu'il est difficile de prêter foi à un témoignage aussi surnaturel.

— Mais merde ! Il va tuer d'autres filles si personne ne fait rien.

— C'est notre boulot de résoudre cette affaire.

— Alors écoutez-moi !

Anna avait prononcé ces dernières paroles en hurlant, si bien que le Viking ouvrit la porte pour vérifier que tout se passait bien. Zed lui fit un signe discret et il repartit aussitôt.

— Écoutez, madame, je vais vous dire ce que je pense : ce matin vous avez découvert cet article sur le tueur du bois de Vincennes. Vous l'avez lu et il vous a traumatisée au point de vous faire aller sur place et de voir tout cela prendre forme dans votre tête. Vous n'êtes pas médium, vous n'êtes pas folle, vous êtes comme moi, vous avez envie de voir ce salaud en prison parce que c'est dégueulasse ce qu'il a fait à ces filles.

Ces filles… il y en a plusieurs !

Anna resta sans voix. D'abord parce qu'elle venait de comprendre que Laetitia n'était pas la seule, ensuite parce que le flic avait déjà une opinion tranchée. Il l'avait clairement reléguée au rang des gentilles filles qui s'imaginent des choses. Elle se leva et se dirigea vers la porte.

— Au fait, il y avait un autre homme aussi… un grand barbu, comme votre collègue. Lui aussi avait l'air d'un SDF.

27

La nuit comme seul refuge. C'était dans ces heures vides, lorsque la ville se réduit à un réseau d'artères mortes et que les millions d'âmes cherchent le sommeil qu'Anna trouvait enfin le repos. Elle se réveillait invariablement à 3 h 13 et passait le reste de la nuit à lire ou à surfer sur Internet, confortablement installée dans le canapé de son salon. Passé un certain degré de fatigue et d'habitude, on ne souffrait plus des effets du manque de sommeil. Des milliers d'insomniaques réalisaient même pendant la nuit ce que d'autres peinaient à accomplir durant la journée. Ces quelques heures avant l'aurore étaient son île, son monastère reculé, sa retraite régénérante. Cette nuit plus que toute autre, elle avait besoin de réfléchir, de mettre à plat les pièces du puzzle qu'était devenue sa vie. Il y avait d'abord son expérience noire. Elle lui avait fait rencontrer le tueur et prendre conscience du danger qui rôdait autour d'elle. Ensuite, il y avait le professeur Roody et la jeune Audrey, tous deux l'avaient convaincue que tout cela avait un but, un sens caché qu'elle devait découvrir. Enfin, il y avait cette menace : *Je vais te tuer...* Pourquoi elle ? Quel lien pouvait-elle avoir avec le tueur ? L'expérience de mort partagée dont avait parlé Roody pouvait-elle expliquer la présence de cet homme dans son monde intime ? Est-ce qu'elle le connaissait ? Un bruit venant du couloir interrompit ses réflexions. Alain était sorti du lit et arriva dans le salon, les yeux gonflés.

— Tu dors pas ?

— Non… tu sais, mes insomnies.

— Faudrait peut-être consulter, non ?

— Consulter qui ?

— J'sais pas, quelqu'un qui pourrait t'aider…

— Tu veux dire un psy ? lança-t-elle énervée.

Lui aussi pense que je délire, que je suis folle. Je ne peux compter sur personne.

Alain se rapprocha, la prit dans ses bras et déposa un baiser doux sur sa joue.

— Non, ma chérie, je veux dire quelqu'un qui pourrait t'aider à retrouver le sommeil. C'est tout.

Anna était gênée de sa réaction, depuis son retour elle se sentait agressée en permanence par tout ce qu'Alain pouvait lui dire.

— Excuse-moi…

Deux mots qui firent mouche et illuminèrent le sourire de son mari.

— Des excuses ! C'est Noël !

Anna sourit.

— Et maintenant un sourire. Si ça continue, on va finir par s'embrasser !

Anna le prit soudainement dans ses bras et vint coller ses lèvres sur celles de son homme. La chaleur qui s'échappait de son corps la traversa brutalement.

Depuis quand n'avait-elle pas tenu Alain dans ses bras ? Depuis quand ne s'était-elle pas abandonnée tout entière ? Anna sentit le désir monter. Le baiser était langoureux, passionné. Elle ne se rappelait pas l'avoir jamais embrassé comme ça. Lorsque leurs bouches rompirent leur contact, Alain avait de grands yeux lumineux et la mâchoire crispée sous l'effet du plaisir autant que de la surprise.

— Je… c'était…

— Tais-toi.

Anna prit son mari par la main et l'emmena sur le canapé. Elle fit tomber sa chemise de nuit et se plaça face à lui, complètement nue. Elle pensa quelques secondes aux cicatrices qui meurtrissaient son corps, mais l'excitation lui fit tout oublier. Il était immobile et la dévorait du regard. Elle vint se placer au-dessus de lui à califourchon et sentit ses mains fouiller les moindres recoins de sa chair comme s'il la découvrait pour la première fois. Leur union fut intense et libératrice. Anna ne s'était pas sentie aussi comblée depuis des années. Des flots d'endorphine vinrent effacer l'angoisse.

— Ça faisait combien de temps ?

— Trop longtemps.

— Je t'aime…

— Moi aussi je t'aime.

Anna se serra contre lui de toutes ses forces. Se sentir désirée, connaître l'extase de l'orgasme puis se réfugier dans les bras de l'homme qui vous aime, voilà la magie dont elle avait besoin pour lutter contre les fantômes qui l'accablaient.

— Tu sais, j'ai pensé à un truc.

La voix d'Alain avait complètement changé, il ne se méfiait plus d'elle.

— Si on laissait Nathan à mes parents et qu'on se prenait un petit week-end à Étretat tous les deux ?

— On ne peut pas laisser Nathan... Pas après tout ce qui s'est passé.

— Au contraire, je suis sûr qu'il serait content de voir son papi et sa mamie. Ça lui changerait les idées à lui aussi.

— Tu as raison, ce serait bien.

— Et puis s'il fait moche, on n'aura pas forcément besoin de sortir de l'appartement... Si tu es partante pour recommencer, bien sûr.

Anna le regarda en souriant. Sa main jouait avec le mamelon d'un de ses seins. Elle le sentait durcir peu à peu au fil de l'envie qui recommençait à monter. Ils s'enlacèrent une nouvelle fois.

Plus tard, après l'amour, lorsque la fatigue vint les cueillir, Anna dormit paisiblement pour la première fois depuis son accident.

28

6 heures du matin. Les rues étroites du quartier de l'Alma étaient encore désertes. Un froid mordant glaçait quiconque avait la mauvaise idée de mettre un pied dehors. Zed était un habitué des promenades au petit matin. Il adorait par-dessus tout ce sentiment d'apaisement que connaît la capitale lorsque la nuit se retire et que le jour commence à émerger. Entre la population des noctambules et celle des matinaux, il existe un no man's land de quelques heures propices à la réflexion. Zed pratiquait la méditation zen depuis sa découverte des arts martiaux et de la philosophie orientale. Contrairement à la plupart des « méditants », il ne la pratiquait pas sur un tapis de sol ou dans un endroit isolé, il aimait méditer en marchant. C'était pour lui l'occasion de faire le point sur ses enquêtes et parfois sur sa vie. Ce matin, il était sorti de son petit appartement du 13e arrondissement, avait pris sa moto jusqu'aux quais de Seine, puis il avait marché vers l'ouest jusqu'à arriver au niveau de la tour Eiffel.

Le fil de ses pensées le mena d'abord jusqu'à Tania. Trois mois qu'elle l'avait quitté emportant avec elle le peu d'espoir que Zed avait de fonder une famille. Il l'avait rencontrée cinq ans plus tôt dans la salle de boxe qu'il fréquentait à l'époque. Elle avait tout juste trente ans, était belle comme une déesse africaine et possédait un esprit vif et curieux. Cinq années de bonheur ensemble qui lui avaient apporté l'équilibre et le recul qui lui manquaient. Et puis, comme toujours, son boulot avait repris le dessus, l'entraînant toujours plus loin des préoccupations de son couple vers les eaux stagnantes du crime. L'affaire de l'étrangleur avait donné le coup de grâce à leur relation lorsqu'elle s'était transformée en obsession. En partant, elle lui avait donné un dernier baiser sur les lèvres et il essayait depuis de conserver le souvenir de cet ultime contact avec celle qui aurait pu être la femme de sa vie. Mais le froid glacial de ce mois de février effaçait tout. Tout sauf le flot continuel des questions sans réponses qui s'accumulaient dans sa tête.

Qui était cette femme ? Anna Renucci, née Leroy, n'avait aucun casier judiciaire, aucun antécédent particulier. Pourtant, depuis sa visite au 36, Zed ne cessait de l'envisager comme une pièce maîtresse de son enquête. Pourquoi ? D'abord, elle avait fait un récit documenté du meurtre de Laetitia Gunther. Souvent, les mythomanes étaient incapables d'être cohérents avec leurs affirmations. Ils avaient vite fait de se contredire, de se dévoiler. Anna au contraire, décrivait son « expérience » avec une précision chirurgicale. Ensuite, elle avait parlé du chien et du SDF, or ces deux informations n'avaient jamais été divulguées à la presse. Protéger le seul témoin visuel ayant approché le meurtrier était une priorité que Zed lui-même avait mise en place dans la perspective d'une confrontation future. Malheureusement, leur témoin s'était fait la malle, il avait disparu de la circulation malgré la surveillance policière assurée par les collègues de Zed. Il devenait plus que jamais important de retrouver cet homme, Zed pourrait ainsi vérifier les dires d'Anna. Enfin, elle lui avait ramené la chaussure. Ce détail infime, personne ne l'avait mentionné dans aucun rapport de police. Pourtant, Zed avait vérifié dans ses notes personnelles et il n'y avait aucun doute : le SDF ne portait qu'une chaussure lorsque les gars de l'antenne du Val-de-Marne avaient répondu à son appel de détresse. Ce détail crédibilisait tout son témoignage et forçait Zed à revenir à la question : qui était cette femme ?

Il leva la tête et constata qu'il avait traversé le pont de l'Alma et qu'il marchait d'un bon rythme le long du trottoir de la rue Jean-Goujon. La silhouette d'une cathédrale encadrée par deux immeubles haussmanniens se détacha sur sa droite. Il est peu de lieux à Paris ouverts avant 7 heures du matin. Même la plupart des cafés ne montaient pas leur rideau de fer pour les enfants de l'aube. Le temps du trou des Halles et de ses auberges au service continu 24/24 était bel et bien terminé. Zed savait pourtant exactement où il allait trouver la chaleur et l'accueil qu'il recherchait. Il bifurqua en direction de la cathédrale Saint-Jean-Baptiste, un édifice massif dont l'entrée était surmontée d'un portique sur lequel on pouvait apercevoir le symbole է, septième lettre de l'alphabet arménien signifiant « il existe » en référence à Dieu.

Car là était bien la question. Depuis la naissance du monde, les hommes se divisaient en deux catégories : ceux qui croyaient en l'existence d'un principe supérieur permettant de transcender la matière, et les autres, les partisans de la science totalitaire ou les nihilistes pour lesquels toute spiritualité n'est que vanité. Zed appartenait depuis toujours à la première catégorie. Il avait été élevé dans la religion catholique orthodoxe par ses parents et avait longtemps fréquenté les bancs des églises. Dans un premier temps pour accompagner ses parents aux nombreuses cérémonies et fêtes qui rythmaient la vie religieuse de la communauté arménienne où il avait grandi, ensuite par conviction personnelle, pour s'entretenir avec Lui. Le chœur de la cathédrale était composé d'une immense rotonde surmontée d'un dôme où trônait une monumentale peinture du Saint-Père. Les cathédrales orthodoxes sont aussi richement décorées que celles du culte romain sont dépouillées. Il y règne une chaleur constante entretenue par le crépitement des bougies, des milliers, qui brûlent en continu. Zed traversa la grande salle et vint s'asseoir face à un triptyque d'icônes représentant saint Georges terrassant le dragon. Un souvenir émergea : le rituel du baptême orthodoxe était composé principalement de textes de l'Apocalypse. Lorsque le prêtre versait de l'eau bénite sur la tête de l'enfant, il récitait en arménien la longue psalmodie d'un exorcisme. Par ce geste symbolique, il exhortait le démon à quitter le corps de l'enfant et en scellait les portes pour la vie entière.

Zed se demandait ce qui pouvait se passer ensuite pour que le mal puisse s'insinuer aussi facilement dans l'âme des hommes et les transformer en criminels. Il avait vu trop de choses, entendu trop d'histoires, croisé trop de destins brisés pour ne pas savoir que le mal existait en chacun et n'attendait qu'une infime étincelle pour embraser le cœur des hommes et les mener à leur perte. Pourtant, il pensait que la lutte était possible et c'était même la raison première de son engagement dans la police.

En contemplant la lance du saint plonger dans la poitrine du monstre, il ne put s'empêcher de voir le poignard du tueur arrachant l'âme de ses victimes, comme un acte de défi, un ultime affront à la face de Dieu.

Tout n'est que symbole, Zed en était persuadé.

Il ne lui restait plus qu'à comprendre comment les décrypter.

29

La neige avait enfin cessé de tomber sur la capitale, mais l'hiver était rude et tenace, le pire depuis au moins une dizaine d'années. En cette fin de mois de février, il fallait encore compter sur de longues semaines de gel. Les plus chanceux pouvaient se calfeutrer chez eux ou à leur travail, pour les autres, la vie s'organisait tant bien que mal. Zed avait fait le tour de tous les foyers accueillant les sans-abri à la nuitée. Les gîtes gérés par la mairie ou les associations recevaient quotidiennement des centaines d'anonymes. Ici, on n'aimait pas poser la moindre question et encore moins y répondre. Localiser Casquette allait s'avérer long et fastidieux. Pourtant, quelque chose dans la grande horlogerie du destin se mit en marche pour lui venir en aide.

La fondation de l'Armée du Salut, située dans une caserne du 10e arrondissement, distribuait des repas chauds. Le service avait lieu le soir et, dès 18 heures, on voyait arriver par grappes entières tous les déshérités de la capitale. Zed décida de planquer la zone pour tenter de localiser sa cible. Après plusieurs heures d'attente, Casquette n'avait pas montré le bout de son nez et Zed fut contraint de questionner au hasard dans les files d'attente. C'est là que la chance lui sourit.

— Bien sûr que je le connais ! Sa saloperie de chien m'a mordu au bras ! Trois points de suture à Necker !

L'homme qui répondait aux questions de Zed était petit de taille et portait une longue barbe noire. Son visage bouffi par l'alcool était constellé d'une myriade de petits cratères, sans doute l'œuvre d'une maladie de peau mal soignée.

— Et il vous a mordu quand, ce chien ?

— Oh, y a au moins six mois.

La date coïncidait. Six mois plus tôt, Casquette et son chien n'avaient pas encore croisé le chemin du tueur.

— Et vous l'avez revu récemment ?

— Y a quelques jours, il est passé à Nanterre récupérer des affaires. Après j'l'ai plus vu.

Le centre d'hébergement et d'assistance aux personnes sans-abri de Nanterre était un des plus importants de la capitale. La plupart des SDF y passaient une ou deux nuits par semaine. En hiver, les places étaient chères.

— À mon avis, il a dû finir par se jeter…

— Pourquoi, il parlait de suicide ?

— Non, mais il devenait complètement zinzin. Il pointa son doigt sur sa tête. Y a quelque chose qui fonctionnait plus là-dedans !

— C'est-à-dire ?

— Il disait qu'il avait eu une sorte de révélation,

qu'il avait rencontré un ange de lumière. Qu'il lui parlait dans ses rêves.

Les rêves… Comme Anna Renucci-Leroy…

— Quel genre de rêves ?

— Oh là, j'en sais rien moi ! J'suis pas dans sa tête !

Zed ne put rien en tirer de plus. Pourtant, ce témoignage avait allumé une alarme dans son cortex de flic. Un lien subtil unissait les délires de ce SDF et ceux de la femme qui était venue témoigner dans son bureau. Un lien qui menait tout droit à l'identité du tueur, l'homme au poignard. Après vérification à Nanterre, Zed eut la confirmation que Casquette avait quitté le centre avec l'intégralité des réserves d'argent que tout SDF pouvait laisser au coffre du refuge pour éviter de se le faire voler dans la rue. Il avait l'intention de disparaître.

Cela ne présageait rien de bon…

30

« Petrov le Polack », c'est comme ça qu'on l'appelait depuis qu'il avait perdu son job de cuistot et s'était retrouvé à la rue. Petrov n'avait ni amis ni parents dans ce pays, il avait débarqué un beau jour d'été après vingt heures de trajet au volant de sa vieille Lada. Il avait laissé Cracovie, sa petite amie et sa vieille mère pour tenter sa chance en France. Deux années suffirent à le transformer en épave, acceptant tous les petits métiers quelles que soient les conditions. Ce travail de forçat avait aspiré sa jeunesse et ses rêves d'avenir comme un vampire avide d'hémoglobine. Et puis la chance avait semblé tourner. C'est à ce moment qu'il avait rencontré son mystérieux bienfaiteur. L'homme l'avait contacté sur un forum anonyme où de nombreuses personnes en situation irrégulière trouvaient des offres d'emplois sous-payés. Il lui avait proposé 1 000 euros au black pour louer sa voiture pendant vingt-quatre heures. La première fois, Petrov avait sauté sur l'occasion sans se poser de questions. Et puis il avait commencé à douter en remarquant les gouttes de sang sur le tapis de sol arrière. Petrov s'était toujours tenu à l'écart des sales affaires et, bien que cet argent représentât pour lui plusieurs mois de petits boulots épuisants, il avait décidé d'arrêter. L'homme l'avait contacté quelques semaines plus tard et lui avait donné rendez-vous sur les quais de Seine. Petrov attendait, appuyé contre le capot de sa voiture, cette vieille Lada grise immatriculée en Pologne, dernier vestige de sa vie passée. Il savait que l'homme allait essayer de le convaincre, mais il tiendrait bon. Et puis s'il se montrait un peu trop agressif, il pourrait toujours se défendre. Après tout, Petrov était l'ancien champion de boxe de son contingent lorsqu'il servait pour son pays. Le quai de Stalingrad s'étendait en face de l'île Saint-Germain et les abords de la Seine accueillaient une usine de ciment dont les immenses silos détachaient leurs silhouettes massives dans cette grise fin de journée. Le chantier était fermé et une rangée de camions stationnaient devant la rampe d'accès où Petrov avait garé sa Lada. Ce lieu lui rappelait Cracovie et sa zone industrielle spécialisée en métallurgie. Là-bas, d'immenses cheminées d'acier crachaient en continu des nuages de fumée toxique produite par l'affinage des métaux dans les hauts-fourneaux. Son pays, sa famille et ses amis lui manquaient de plus en plus. Il rentrerait sûrement avant la fin de l'année.

Une silhouette se détacha à une vingtaine de mètres. L'homme qui avançait vers lui était grand, portait une longue barbe et des cheveux gris. Un épais manteau en laine noire le recouvrait entièrement, lui donnant l'air d'un corbeau. Mais un corbeau malade. Alors qu'il approchait, Petrov remarqua le patchwork de vêtements superposés qui composaient le reste de sa tenue. Deux pantalons enfilés l'un sur l'autre, une corde épaisse en guise de ceinture, une botte en cuir à un pied, une basket à l'autre. C'était un SDF. Peu de chance que le richard du forum soit cet oiseau de malheur. Petrov le suivit du regard, prêt à l'envoyer au diable s'il commençait à lui parler. Mais l'homme s'approcha de lui et le fixa de ses immenses yeux noirs. Quelque chose dans ce regard le dérangeait, il y avait là un mélange de folie et d'illumination. Petrov alla pour lui dire de passer son chemin lorsque l'homme sortit une main de son manteau. Il tenait fermement un hachoir de boucher. La lame fendit l'air en une fraction de seconde et vint se planter profondément dans la poitrine du Polonais. L'acier transperça la chair, broya les os et trancha net plusieurs artères. La douleur était tellement intense que Petrov ne réussit pas à bouger le moindre muscle. Les centaines d'heures d'entraînement en salle et les combats en semi-professionnel n'avaient servi à rien, il voyait des flots de sang s'échapper de sa poitrine et former une rigole jusqu'aux eaux sombres de la Seine. Sa vie lui échappait déjà.

Casquette n'avait pas perdu son sourire en frappant. Il savait que sa cause était juste et qu'il lui fallait obéir aux voix qui le hantaient depuis sa rencontre avec l'Ange. Comme convenu, il attendit que le grand Polonais se vide de son sang et plia son corps en deux pour le rentrer dans le coffre de la Lada. Ensuite, il leva le frein à main et poussa fortement la voiture en direction de la berge. La légère pente de la rampe rendit l'opération plus facile et la voiture fila tout droit vers l'eau. On entendit à peine un petit bruit d'éclaboussure quand la demi-tonne d'acier russe s'immergea dans les eaux de la Seine. La voiture disparut dans un tourbillon de bulles et l'eau reprit son cours, lavant toute trace de Petrov le Polack. Casquette sentit les voix s'apaiser dans sa tête. Il avait rempli sa première mission. Une autre beaucoup plus terrible l'attendait. Il serra le manche ensanglanté de son hachoir et reprit sa marche vers le destin qu'on lui avait tracé…

31

— Je comprends tout à fait votre point de vue, mais je ne suis pas totalement d'accord, répondit calmement le professeur Roody.

Anna se tenait face à lui, confortablement installée dans son fauteuil club. Elle venait d'exposer sa nouvelle théorie selon laquelle son EMI était en réalité un ordre de mission : sauver les prochaines victimes d'un tueur psychopathe.

— Enquêter par vous-même sur ce tueur vous expose à un danger disproportionné. Vous avez raison de dire qu'une EMI procure un besoin d'altruisme et une profonde modification de notre sens des valeurs, mais cela ne vous force pas à devenir une justicière.

— Alors pourquoi est-ce que je l'ai vu ? Pourquoi m'a-t-il menacée ? Pourquoi me harcèle-t-il et surtout, que signifie cette vision que j'ai eue dans le bois de Vincennes ?

— Avez-vous déjà envisagé l'hypothèse purement psychologique ?

Anna reçut cette réponse comme un uppercut à

la pointe du menton. L'hypothèse purement psychologique sonnait comme une formule polie pour lui stipuler qu'elle avait peut-être une case en moins.

— J'aimerais vous raconter un témoignage que j'ai recueilli au sujet d'une expérience noire comme la vôtre. Il s'agit des propos d'une femme qui a vécu une EMI lors d'une attaque cardiaque. Elle raconte que le tunnel de lumière noire l'a menée dans un immense champ dont l'herbe était bleue. Des moutons noirs broutaient paisiblement tout autour d'elle et semblaient ne pas avoir remarqué sa présence. Un homme apparut dans son dos, il portait à la main un long couteau à la lame effilée.

Anna serra l'accoudoir du fauteuil, la simple évocation du tunnel de lumière noire et de son monde de ténèbres suffisait à lui glacer le sang.

— L'homme s'est approché d'elle tout en la fixant dans les yeux au point qu'elle a dû détourner le regard. Il a posé son couteau sur sa gorge et c'est à ce moment-là qu'elle s'est réveillée.

— C'est horrible ! s'exclama Anna spontanément.

— Oui, c'est une expérience qui a dû être terrible à vivre, mais le plus intéressant reste à venir. Après son retour, elle présentait tous les symptômes d'une expérience traumatique : repli sur elle-même, impossibilité d'exprimer ses sentiments, ses angoisses, perte de mémoire… Presque tous les expérienceurs sont désorientés à leur réveil, mais cela dure rarement plus de quelques mois. Notre sujet quant à lui resta profondément marqué pendant plusieurs années. Jusqu'au jour où elle fit une incroyable découverte.

Anna était suspendue à ses lèvres. Roody était un excellent conteur et il savait ménager son suspens. Il prit une tasse de thé pour s'éclaircir la voix avant de reprendre le récit.

— Cela se passa après une réunion de famille à laquelle assistait sa plus jeune sœur. Il se trouve que cette jeune femme était croyante et pensait sans oser le dire clairement que sa sœur était possédée et qu'il lui fallait l'intervention d'un prêtre. Elle accepta de la suivre et les deux femmes se retrouvèrent sur le banc d'une église. À la fin de la cérémonie, juste avant la communion, le curé récita l'*Agnus Dei*, un extrait de l'Évangile de Jean le baptiste. Notre expérienceur n'était absolument pas croyante, elle n'avait jamais mis les pieds dans une église, mais cette acclamation à la gloire de « l'agneau de Dieu » eut un effet inattendu. Il rappela à sa mémoire un événement de son enfance, lorsqu'elle n'avait que six ans et vivait à la campagne avec ses parents. À cette époque, elle avait comme compagnon de jeu un petit agneau avec lequel elle s'amusait dans les champs. Un jour qu'elle rentrait de l'école, elle le vit gisant dans une mare de sang, la gorge tranchée. Son père avait tué l'animal et oublié de cacher la dépouille avant son retour. Il portait une combinaison de travail, une combinaison de couleur bleue… Elle avait totalement occulté ce souvenir, mais il donna à son EMI une nouvelle signification. À partir de là, elle comprit qu'elle avait enfoui un profond traumatisme et qu'il lui avait fallu cette expérience pour l'exhumer. Cette autopsychanalyse lui permit de guérir rapidement de ses symptômes post-traumatiques… Qu'en pensez-vous ?

Anna ne sut quoi répondre. Cette histoire la forçait à réfléchir en profondeur. Se pouvait-il que tout ça ne soit qu'un message codé envoyé par son inconscient ? Elle repensa à son enfance à Amsterdam avec son père et les larmes montèrent toutes seules.

— Je… je suis désolée, bafouilla-t-elle entre deux sanglots.

— Ce n'est rien. Au contraire, c'est salutaire. Je suis prêt à vous écouter…

— Vous savez, lorsque j'essaye de faire un lien entre mon EMI et mon passé, je vois deux choses : la disparition de mon père. Il nous a abandonnées, ma mère et moi, lorsque j'étais très jeune. Et puis bien sûr il y a aussi la mort de mon bébé.

Les larmes coulaient doucement sur son visage.

— Une fausse couche à six mois… Il a fallu faire un véritable accouchement. Lorsqu'ils me l'ont arraché, j'ai perdu une partie de moi. J'ai tout de suite su que plus rien ne serait pareil.

— Je suis désolé…

Un silence s'installa entre eux. Roody lui servit une nouvelle tasse de thé et reprit la parole.

— Ça n'explique bien entendu pas tous les rouages de votre EMI, mais c'est un bon début. Il faut être en paix avec son passé pour pouvoir envisager l'avenir. Explorer la possibilité qu'une partie de vos angoisses soit l'expression de votre inconscient est un excellent chemin de guérison.

Anna posa sa main sur la sienne. Une douce chaleur

se répandit de l'un à l'autre et arrêta le temps pendant quelques secondes.

— Merci professeur.

Ils se regardèrent comme jamais ils ne l'avaient fait auparavant. Il se passa de longues minutes avant qu'Anna ne retire sa main.

32

Anna remontait la rue Montorgueil d'un pas rapide. Situé à quelques pas des Halles, ce quartier s'était progressivement transformé pour devenir un point de ralliement obligatoire de la branchitude parisienne. Les enseignes des grandes marques bobos se partageaient l'espace avec de petits magasins tendances et des restaurants à la carte soignée et aux tarifs exorbitants. Elle bifurqua dans la rue Mandar pour rejoindre le bistrot où elle avait rendez-vous. *Le Tambour*, vieux troquet parisien à l'enseigne rouge vif, dressait sa devanture lumineuse dans le bas de la rue Montmartre. C'était l'un de ces rares endroits authentiquement parisiens, du temps où le trou des Halles était encore le plus grand marché de Paris et où la foule des badauds venait casser la croûte à toute heure. Anna n'y avait jamais mis les pieds, c'est Audrey qui avait organisé leur dîner et s'était occupée de tout.

Anna poussa la porte et se retrouva nez à nez avec un long comptoir en zinc et le visage jovial d'un serveur occupé à rincer quelques verres. La chaleur étouffante et le brouhaha de la salle donnaient à cet endroit des allures de refuge montagnard lorsqu'on venait d'arpenter les rues glaciales de la capitale.

— Vous voulez une table, mademoiselle ?

Le barman, grosse moustache et visage un peu rougeaud la fixait avec des yeux pétillants.

— Je suis avec une amie. Elle est peut-être déjà arrivée.

Anna scruta la salle du regard. La plupart des tables étaient occupées.

— C'est pas Audrey votre amie ? demanda le barman.

— Si, c'est elle.

— Eh ben, il fallait le dire tout de suite !

Il lui fit un sourire et, d'un mouvement de tête, signe de le suivre derrière le bar. Anna contourna le comptoir et s'engagea dans un petit couloir qui menait à une petite salle construite en véranda ou se trouvaient quelques tables un peu à l'abri de l'agitation de la grande salle. Il la mena jusqu'à celle d'Audrey qui patientait paisiblement en sirotant un verre de vin blanc.

— Ta copine est là, princesse, dit-il en tirant la chaise d'Anna. Je vous sers quelque chose à boire ?

— La même chose, répondit Anna.

— Très bien. La carte est sur l'ardoise, prenez votre temps.

Audrey prit les mains d'Anna dans les siennes.

— Je suis contente de vous voir. J'espère que l'endroit vous plaît.

— Moi aussi je suis contente. C'est super ici.

— C'est un peu mon repaire. J'habite juste à côté et le patron est une bonne âme.

Audrey se pencha en avant pour parler un peu plus doucement.

— Lui aussi a vécu une EMI.

— Incroyable, je vais finir par croire que c'est courant !

— J'imagine que vous avez entendu les statistiques de Philippe. C'est beaucoup plus courant qu'on ne l'imagine. Surtout si on envisage toutes les personnes qui n'osent pas en parler.

Audrey portait un petit cache-cœur en laine qui soulignait sa poitrine et elle avait coiffé sa chevelure blonde d'un béret assorti. Anna se dit qu'elle avait rarement croisé une fille aussi jolie. Comment faisait-elle pour être aussi féminine malgré son handicap ? Le patron revint avec un verre de vin blanc supplémentaire et elles commandèrent leur repas. Anna lui avait proposé ce rendez-vous pour essayer de préciser un peu mieux la signification de son expérience noire, mais également par simple plaisir de retrouver sa compagnie. Audrey était la personne la plus radieuse qu'elle connaissait, passer une soirée avec elle lui donnait l'impression de faire une cure de vitamines.

— Alors, comment tu le trouves ? demanda Audrey en terminant son troisième verre de vin.

— Qui ça ? répondit Anna un peu pompette.

— Philippe, bien sûr, le séduisant professeur Roody. Pour moi c'est difficile de le savoir, dit-elle espiègle. On dit qu'il est bel homme, moi je ne ressens que sa présence… une présence chaude et rassurante. Alors décris-le-moi.

Anna sentit une émotion la traverser, ses joues étaient devenues plus rouges que la devanture du restaurant.

— Il est grand, mince, il a un joli visage, très fin… et des yeux.

— Bleus ?

— Oui, bleus ! Comment tu le sais ?

— Son aura, elle est bleue aussi. Enfin, l'idée que je me fais du bleu en tout cas.

— Et voilà… Quoi te dire d'autre ?

— Tu as couché avec lui ?

Anna manqua de s'étouffer avec son vin.

— Quoi, mais t'es folle ?

Audrey avait le visage hilare, c'était la première fois qu'Anna la voyait comme ça.

— Tu sais, Anna, tout le monde me parle comme si j'étais une pauvre petite chose vulnérable et Philippe me prend pour une sorte d'ange immaculé, mais je suis quand même une femme…

Simple question de bon sens. Anna n'avait jamais envisagé Audrey sous cet angle, mais c'était évident qu'elle en était une, et une magnifique de surcroît.

— Non, il ne s'est rien passé entre nous.

— Pourtant, tu en meurs d'envie.

— Comment tu peux savoir ça ?

— Je l'ai senti la première fois. Je ne sais même pas à quoi tu ressembles, mais je sens ton aura, tes émotions et je peux te dire qu'à ce niveau, c'est comme si tu lui avais sauté dessus sur la table.

Le rouge augmenta un peu plus sur les joues d'Anna. Elle lança un coup d'œil alentour pour vérifier que personne n'avait entendu. Elles étaient désormais quasiment seules dans la petite salle.

— Eh bien, si tu le ressens… c'est que ça doit être vrai.

— Pourquoi tu ne le fais pas ?

— C’est pas si simple, Audrey, je suis mariée, j’ai une famille.

— Et des désirs aussi. Je ne suis pas sûre que la frustration soit bonne pour ton mariage ou ta famille.

— Oui, mais ça ne marche pas comme ça, répondit Anna résignée.

— Où ça ? Dans notre société ? Dans ta vie ? Écoute, tu m’as demandé de t’aider à comprendre la signification profonde de ton EMI. Et si c’était tout simplement de lâcher prise, de laisser s’exprimer la personne que tu es vraiment…

Anna resta silencieuse. Une image s’était formée dans sa tête, elle et Roody loin, dans un décor bucolique, peut-être en Asie. Et puis le visage de Nathan vint balayer tout ça.

— Peut-être que tu as raison, je vais y réfléchir.

— Super ! Comme ça si tu sors avec lui, tu pourras me dire si ça vaut le coup !

Les deux femmes rigolèrent de bon cœur et leurs rires résonnèrent encore longtemps dans la nuit parisienne.

33

L'appartement était plongé dans le noir total, seul un minuscule point orange venait percer les ténèbres. Il devait être 3 ou 4 heures du matin et Anna n'arrivait pas à dormir. Elle avait décidé de fumer une cigarette dans son salon en essayant de calmer le flot de pensées qui lui martelaient la tête. Un tueur rôdait quelque part autour d'elle, prêt à frapper quand elle s'y attendrait le moins. Il l'avait déjà fait, réduisant en bouillie des femmes anonymes dont il prélevait l'âme en leur arrachant les yeux. Pourtant, ce n'est pas à cela qu'elle pensait, quelque chose de tout aussi angoissant et douloureux la tourmentait. Était-elle amoureuse du professeur Roody ? D'un côté, elle était en train de renouer avec Alain ; de l'autre, elle ne pouvait nier l'attirance de plus en plus forte qu'elle ressentait pour le beau professeur.

L'Anna d'avant l'accident aurait nié en bloc ces sentiments contradictoires qui la poussaient dans les bras d'un inconnu. Mais cette Anna-là était morte. Alain était son premier amour, le seul homme qu'elle ait jamais connu. Elle lui avait sacrifié une partie de sa jeunesse et il l'avait trahie. Pourtant, il l'aimait sincèrement et elle ressentait toujours pour lui un mélange d'attachement et d'affection. Pouvait-on appeler ça de l'amour ? À l'inverse, le professeur Roody était un parfait inconnu. Son empathie immédiate et la délicatesse de son comportement l'avaient séduite au premier regard. On pouvait parler de coup de foudre, un phénomène rare, au moins autant que les EMI.

Anna ne savait plus où elle en était. Fallait-il briser son couple, sa famille et vivre la passion d'une nouvelle histoire ou bien tenter de consolider l'existant et préserver à tout prix sa famille ?

— Encore une insomnie ?

La voix d'Alain la fit sursauter. Il se tenait juste derrière son dos.

— Je ne sais pas comment t'arrives à tenir à ce rythme.

— J'y arrive pas.

Il baissa les yeux vers la cigarette.

— Pas génial, ça.

— Non, je sais. Mais ça me calme.

Alain vint se placer derrière elle et l'enlaça.

— Qu'est-ce qui nous arrive à ton avis ?

— Je ne sais pas vraiment, chuchota-t-elle.

— Des fois, j'ai l'impression que tu en as marre de moi, que tu as envie de partir.

Elle ne répondit rien de peur que le doute s'invite dans sa voix.

— Est-ce que tu me trompes ? dit-il simplement.

— Non.

Anna tourna le visage pour scruter les yeux de son

mari. Elle pouvait y voir une petite lueur, un éclat terne qui trahissait ses pensées.

Il sait.

La voix ne s'était pas exprimée depuis longtemps, et son affirmation en était d'autant plus crédible. Comment pourrait-il savoir ? Anna ne savait pas elle-même.

— Tes rendez-vous après le travail, les soirées que tu passes dehors… C'est pour te ressourcer ?

— C'est ça. J'ai besoin de sortir, de me changer les idées.

— Et, je veux dire, tu fais ça seule ?

Alain exagérait la situation. Elle s'était bien octroyé quelques retours tardifs à la maison, voire une soirée ou deux entre copines, mais rien d'alarmant.

— J'en ai besoin, Alain.

Il l'observa sans répondre. Ses yeux se plissèrent comme ceux d'un cocker malheureux. Elle eut soudainement envie de le prendre dans ses bras pour le rassurer. Pourtant, elle n'en fit rien.

34

— C'est encore loin, maman ?

Nathan la fixait avec ses yeux sombres, seule partie de son visage qui dépassait sous les grosses mailles du bonnet. Ils marchaient tous les deux au pas de course sur l'avenue des Gobelins. Plus qu'une quinzaine de minutes avant le début de séance des *Watchdogs*, nouvelle superproduction Disney projetée sur l'écran géant de la place d'Italie. Ça faisait des mois qu'Anna n'avait pas pris un mercredi après-midi pour aller au cinéma avec son fils, et elle avait décidé de réparer cette erreur en lui offrant une journée « trop cool ». Cinéma, goûter chez le glacier et petite virée au centre de jeux vidéo. Nathan était excité comme une puce depuis la veille, il avait d'ailleurs eu du mal à s'endormir. Depuis l'épisode de l'hématome, rien n'avait percé sur ce qui s'était réellement passé. Malgré ses nombreuses tentatives pour l'amener à en parler, Anna s'était heurtée à un mur de silence. Elle avait fini, comme Alain, par se persuader que ce n'était rien de grave. Nathan avait dû se disputer avec un de ses camarades d'école et refusait de le dénoncer. C'était déjà arrivé plusieurs fois.

Continue à te mentir si tu veux, moi je sais que quelque chose cloche.

La voix n'était pas d'accord avec elle et ne perdait pas une occasion de le lui rappeler. Pour elle, les blessures de Nathan étaient une parcelle du tableau final, tableau qui réunissait son expérience noire, le tueur au poignard, le professeur Roody et Laetitia Gunther. Tableau dont elle ne voyait pour l'instant que des bribes sans signification, mais qui, un jour l'écraserait par la force de sa cohérence.

— Nous y sommes presque !

La place d'Italie se détachait à une centaine de mètres d'eux. Il leur faudrait traverser le rond-point pour rejoindre l'entrée du cinéma et plonger dans le noir à la découverte d'une bande de chiens super-héros. Anna entendit un sifflement familier devant elle. Le bruit d'un frein serrant la roue d'un vélo. Une silhouette encapuchonnée la percuta sur le côté, renversant son sac sur le trottoir. Le cycliste descendait la rue en sens inverse, avait essayé de freiner pour l'éviter réalisant un bel aquaplaning et une glissade sur une dizaine de mètres. Les rues de Paris étaient parfois étranges, on avait imaginé des pistes cyclables au milieu des piétons. Anna fut surprise par le choc, mais réussit à ne pas perdre l'équilibre. Son bras lui faisait mal, mais elle avait évité le pire.

— Maman, maman, ça va ?

— On dirait, mon chéri.

Le cycliste quant à lui était par terre et se relevait difficilement. C'était un jeune homme d'une vingtaine d'années, emmitouflé dans une parka orange qui désormais virait au marron crasseux.

— Je suis désolé, madame, j'ai essayé de vous éviter, mais…

— Pas de soucis. Vous allez bien ?

— Ça va, oui.

Il se releva, vérifia l'état de son vélo et reprit sa route en s'excusant encore.

— Faut qu'on se dépêche, on va rater la séance.

Nathan avait raison, cet imprévu venait de leur faire perdre de précieuses minutes. Anna se pencha pour ramasser son sac dont le contenu s'étalait sur le trottoir mouillé.

Elle prit son agenda ouvert face contre le sol.

Une violente douleur lui transperça les tympans lorsqu'elle découvrit la page à moitié trempée entre ses mains. Quelqu'un avait écrit un message au milieu de l'agenda. Une écriture nerveuse aux angles acérés. L'écriture d'un fou.

Anna pensa immédiatement au soir où l'on avait brisé la vitre du salon. Quelqu'un était rentré dans l'appartement et avait fouillé son sac. Cette même personne avait écrit ces mots qu'elle venait seulement de découvrir :

Tu veux savoir la vérité ? Viens me chercher…

35

27 rue d'Amsterdam.

L'adresse était inscrite dans son agenda depuis des semaines, et elle n'avait rien vu.

27 rue d'Amsterdam... Elle répétait cette étrange combinaison de mots et de chiffres comme un mantra dont on essaye de déchiffrer la signification profonde.

Elle ne connaissait pas cette rue de Paris, elle n'avait jamais mis les pieds dans le 9e arrondissement, et pourtant, tout dans cette adresse lui semblait familier. D'abord le chiffre 27 qui composait inlassablement la bande-son de ses cauchemars. Un nombre chuchoté des milliers de fois à l'oreille par des voix menaçantes. Ensuite et surtout Amsterdam… Anna était née au début des années 70 au 111 van Breestraat, petite rue du centre de la métropole hollandaise. Elle n'avait que très peu de souvenirs de cette période, qui s'était interrompue sept ans après sa naissance, lorsque sa mère avait pris la décision de divorcer et de rentrer en France au manoir familial d'Étretat. Amsterdam, la Venise du nord, était pour elle un mystère et un objet de fascination, mais elle symbolisait avant tout son père, cet homme qu'elle avait peu connu et qui, peut-être, habitait encore là-bas. Plusieurs fois Anna avait hésité à retourner sur place pour tenter de le retrouver, mais elle s'était toujours inventé une bonne raison d'annuler son séjour. Quelque chose dans son inconscient ne souhaitait pas renouer avec lui, après tout, il les avait abandonnées, sa mère et elle, avec des conséquences fatales.

27 rue d'Amsterdam.

La porte verte coincée entre un opticien et une petite maroquinerie desservait un grand immeuble haussmannien de cinq étages. Une rue extrêmement bruyante, particulièrement en cette fin de journée où une file de voitures tentaient désespérément de se frayer un passage en direction du sud de la capitale. Anna observa les indications en dessous du mystérieux message.

Tu veux savoir la vérité ? Viens me chercher 27 rue d'Amsterdam. Code 2436A. 5e étage droite.

Elle trembla légèrement en appuyant sur les touches du digicode. Un bruit électrique résonna et la porte s'ouvrit, confirmant que tout cela était bien réel. Quelqu'un lui avait donné rendez-vous à cette adresse lourde de symboles. Quelqu'un qui la connaissait intimement. L'entrée sans fioritures donnait sur un long couloir obscur aux murs décrépis qui desservait un escalier en bois au tapis de sol rongé par l'usure. Sur le côté de la cage d'escalier, une petite porte menait probablement au local à poubelles ou dans les caves. C'était le cas dans la plupart des immeubles parisiens. Anna consulta le mur de boîtes aux lettres pour essayer de trouver celle correspondant au cinquième étage. Deux noms sur le palier : Loïc Breban et Freddie Moller. Aucun des deux ne lui rappelait quoi que ce soit.

Au moment de poser son pied sur la première marche, elle sentit ses forces l'abandonner. Aurait-elle le courage d'affronter ce qui l'attendait là-haut ? N'était-ce pas une folie d'y aller seule ? Pourquoi ne pas simplement appeler ce flic de la criminelle ou demander au professeur Roody de venir la rejoindre ? Non, il fallait qu'elle s'en occupe seule, elle le sentait comme une évidence. Tout cela s'était mis en place à cause de son EMI, cela la concernait directement, intimement, et personne ne pourrait s'en occuper à sa place. Elle devait affronter ses démons, dépasser ses peurs et découvrir la vérité. Un flux d'énergie contracta ses muscles et elle se mit en mouvement pour grimper l'escalier jusqu'au cinquième. Elle serait bientôt face à son destin.

Elle se tenait maintenant sur le palier, figée par l'angoisse. Ouvrir cette porte, c'était comme mettre les pieds dans l'irrationnel. Quelqu'un ou quelque chose se tenait là, elle en était certaine. Elle appuya sur le bouton de la sonnerie et rien ne se produisit. Aucun son ne provenait de l'intérieur. Ni sonnerie ni bruits de pas. Rien. Elle décida de frapper sans plus de résultat. Le rendez-vous ne donnait ni date ni heure, peut-être avait-elle manqué quelque chose. Elle regarda autour d'elle et ne vit que la cage d'escalier, considérablement réduite lorsqu'elle était passée des étages « nobles » à celui des chambres de bonnes. À ses pieds, un tapis de sol en coco et un petit pot de fleurs, une plante grasse rabougrie sur sa terre aussi sèche que le désert de la mort. Une idée germa dans l'esprit d'Anna, elle prit la plante par les feuilles et tira vers le haut, sortant la motte et les racines d'un seul tenant. Au fond du pot se trouvait une clef. Comment avait-elle pu connaître son existence ? Mystère. Mais le fait est qu'elle était là.

Anna prit la clef et la glissa délicatement dans la serrure. Les rouages se mirent à jouer et la porte s'ouvrit.

36

Elle pénétra dans un studio d'une vingtaine de mètres carrés. Des volets en lattes de bois étaient tirés sur l'unique fenêtre qui ouvrait sur la rue extérieure. La pièce était plongée dans l'obscurité. Anna sentit immédiatement un malaise l'envahir. Une odeur insupportable se répandait hors de l'appartement, une odeur de pourriture. Elle chercha l'interrupteur, mais quelqu'un avait cassé l'ampoule du plafonnier. Elle décida alors d'ouvrir les volets et traversa la pièce en marchant sur un capharnaüm de papiers froissés, de restes d'emballages alimentaires et de sacs-poubelle jetés en vrac sur le sol. Elle se couvrit le nez avec ses mains et força la poignée de la porte-fenêtre. Alors qu'un air frais salutaire s'engouffrait dans l'appartement, les premiers rayons de lumière vinrent percuter les murs. Ils étaient couverts de photos de cadavres. Tout autour d'elle, quatre filles au total étaient représentées dans cette exposition morbide.

Anna poussa un long hurlement en apercevant le visage inerte de Laetitia Gunther. Les clichés avaient visiblement été pris sur les scènes de crimes, certains montraient les jeunes femmes avec leurs yeux, d'autres alors qu'elles n'étaient plus que des poupées de chair. L'odeur de pourriture mélangée à ces images d'horreur lui fit monter une violente envie de vomir. Elle allait se précipiter à la fenêtre lorsqu'elle remarqua une lumière filtrant sous une porte située à sa droite. Elle s'approcha lentement, prête à s'enfuir et poussa le panneau en bois de sa main tremblante. La porte s'ouvrit puis buta contre quelque chose posé sur le sol.

Par l'entrebâillement, Anna aperçut une petite salle de bains dont l'unique lucarne donnait sur la cour intérieure de l'immeuble. En baissant la tête pour regarder ce qui empêchait la porte de s'ouvrir, elle vit d'abord la peau, les cheveux puis le sang… Un corps nu de femme était allongé là.

Une décharge d'adrénaline remplit ses muscles d'une tension qui la cloua sur place, incapable de prendre une décision. Devait-elle quitter cet enfer et aller chercher de l'aide ? Ou bien fallait-il rentrer dans cette salle de bains et voir si la femme était encore en vie ? Elle n'eut pas à réfléchir longtemps. Ses yeux rencontrèrent le grand miroir fixé au-dessus de l'évier. Il renvoyait son image, prostrée derrière la porte, et celle de la jeune femme. Sa tête était tournée vers l'intérieur de la salle de bains et se reflétait parfaitement. Il s'agissait d'Audrey, on lui avait arraché les yeux. Des larmes de rage montèrent instantanément.

Au milieu de toutes ces horreurs, c'était la dernière personne qu'Anna aurait voulu trouver là. La jeune aveugle avait ramené de son EMI un message de paix et d'amour. La tuer c'était tuer tout espoir.

Le craquement du parquet derrière son dos mit fin à ses réflexions. L'homme se tenait dans l'encadrement de la porte. Il portait un jean usé, des chaussures de marche, un sweat à capuche et une grosse parka militaire. La pâleur de son visage contrastait avec le noir de sa barbe finement taillée. Derrière ses lunettes en acier, de petits yeux sombres perçaient l'obscurité comme deux points lumineux. Il tenait un poignard à la main.

Anna sentit son cœur s'emballer, elle se trouvait à quelques mètres de l'homme de ses cauchemars. Le souvenir de l'expérience noire racontée par Roody lui remonta d'un coup en mémoire. Il l'avait attirée dans son antre et elle était venue d'elle-même, comme un mouton qui vient placer son cou sur la lame pour être égorgé. Elle allait finir comme Laetitia Gunther et les autres. Que ferait-il de ses yeux, de son âme… ?

— Tu as finalement réussi à me trouver.

Sa voix était froide et sans émotion, comme dans ses cauchemars.

— Tu es allée dans la salle de bains ?

Anna sentit un énorme sanglot lui traverser le corps, elle porta sa main à la bouche pour refréner ses larmes. Si elle devait mourir, elle ne lui donnerait pas le plaisir du spectacle de sa déchéance.

— Si tu étais venue plus tôt, elle serait encore en vie, dit-il en esquissant un sourire mauvais.

— Qu'est-ce que vous voulez dire ?

— Tout ça, c'est à cause de toi, Anna. Tout ce sang. J'ai bien essayé de te prévenir là-bas, dans les étoiles, mais tu ne m'écoutes pas.

Tout en parlant, l'homme se rapprochait d'Anna,

son poignard posé le long de sa cuisse. Elle fixait la lame et reculait en même temps jusqu'à se retrouver le dos contre la porte de la salle de bains.

— Quelle solution nous reste-t-il maintenant ? Dois-je continuer tout ça ? Il pointait un doigt vers les photos.

Anna poussa avec son dos la porte qui s'ouvrit suffisamment pour lui laisser passer le seuil. L'homme se tenait à moins de deux mètres.

— Je n'ai plus la force, Anna. Je pense que le mieux est d'en finir… maintenant.

Et il se jeta sur elle, lame en avant. Anna eut un soubresaut d'énergie vitale. L'adrénaline lui procura l'acuité suffisante pour esquiver la lame et pivoter à l'intérieur de la salle de bains. Elle poussa la porte de toutes ses forces, piétinant le corps d'Audrey. De l'autre côté, l'homme poussait en sens inverse. Mais Anna réussit à fermer la porte et elle tourna la clef enclenchée dans la serrure. Le mécanisme mit un point de sécurité entre elle et le tueur. La serrure était fragile, mais elle lui permettrait de reprendre son souffle quelques instants. De l'autre côté de la porte, elle entendait hurler de rage.

— Sors d'ici, petite pute ! Tu vas payer pour tout ça !

L'homme frappait avec ses poings et ses pieds, mais le mécanisme tenait bon. Anna essaya de se concentrer, elle était enfermée avec le cadavre d'Audrey. Elle ne put s'empêcher de regarder la jeune femme dont les yeux, jadis si clairs, avaient maintenant disparu. Elle fit le vide et crut entendre une voix lui dire.

Regarde en l'air.

Elle leva les yeux et aperçut la lucarne. L'espace était étroit, mais elle pourrait peut-être passer.

Anna prit appui sur la cuvette des toilettes et ouvrit la fenêtre. À l'extérieur, nuit noire, le vent s'engouffrait par le sommet de l'immeuble, il faisait un froid glacial. Son unique voie de secours était suspendue à vingt mètres de hauteur au-dessus d'une petite cour sombre percée de fenêtres donnant sur des salles de bains. Pour sortir, elle allait devoir grimper sur un étroit balcon en briques rouges. Son regard s'éleva vers le ciel. À deux mètres au-dessus d'elle se trouvait le bas d'une échelle en fer qui menait sur les toits.

À l'intérieur de la salle de bains, les coups de boutoir et les hurlements de l'homme étaient de plus en plus violents. La serrure ne tiendrait plus longtemps, Anna le savait. Elle prit sa respiration et sortit la tête, puis le buste à l'extérieur de la lucarne. Elle tenta de prendre appui avec ses bras sur l'encadrement de la fenêtre pour réussir à sortir ses jambes. Ses doigts glissèrent, un de ses ongles se retourna déchirant la peau. Elle hurla et sa voix se répercuta entre les murs de la cour. Elle enleva ses chaussures et vint poser ses pieds sur le rebord de la fenêtre. Elle se tenait maintenant droite sur le balconnet, ventre contre le mur, le visage tourné vers l'échelle et les mains solidement accrochées à une gouttière. Pour attraper l'échelle, il allait falloir lâcher sa prise au risque de perdre l'équilibre et bondir en hauteur pour combler la vingtaine de centimètres qui la séparait du premier barreau. Elle n'aurait pas droit à l'erreur, ce serait le saut de la liberté ou celui de la mort.

Un bruit sourd venant de la salle de bains lui indiqua ce qu'elle redoutait. La porte avait cédé, elle devait sauter, maintenant.

Elle ferma les yeux, contracta ses muscles et se jeta dans le vide.

37

La mine du crayon glissait sur le papier, noircissant peu à peu un trait, affinant une courbe.

— Plus comme ça ? questionna l'homme, une trentaine d'années, le visage déjà ridé comme celui d'un vieillard.

Anna hocha la tête en détournant les yeux. Le portrait sur le papier ressemblait trait pour trait au psychopathe qui venait de la pourchasser dans l'immeuble de la rue d'Amsterdam.

Zed fit un signe de tête à l'illustrateur qui rangea ses crayons dans une petite trousse d'écolier et sortit du bureau.

— Avec ce portrait, nous allons faire des recherches dans notre fichier d'identification. S'il est déjà fiché, on aura rapidement son identité.

Anna ne l'écoutait pas, elle pensait à l'horreur qu'elle venait de vivre. L'appartement aux murs couverts de morts, le corps mutilé d'Audrey et le tueur… Une main chaude se posa sur son épaule, celle du flic.

— Ça va aller… Vous venez de vivre une épreuve,

Anna, il va falloir un peu de temps pour s'en remettre. Je peux vous donner l'adresse de quelqu'un qui…

— Pas la peine, répondit-elle sèchement.

Anna sentait la colère monter en elle. Il tentait de la rassurer alors que quelques semaines plus tôt, elle était déjà venue dans ce bureau pour le prévenir. Mais il ne l'avait pas prise au sérieux.

— J'ai besoin que vous m'expliquiez encore une fois ce qui s'est passé dans cet immeuble.

— Je vous l'ai déjà expliqué.

— Je sais, mais peut-être que de nouveaux détails vont émerger. La mémoire est quelque chose de sensible, en cas de traumatisme, elle se bloque et délivre ses secrets très progressivement.

Sa voix chaude et apaisante calma la colère. Anna reprit une nouvelle fois le récit de son périple, depuis la découverte du mot dans son agenda à sa fuite sur les toits. Une chance que l'immeuble communiquait avec une construction plus récente. Ça lui avait permis de longer la crête du toit et de sauter sans trop de risques sur un balcon. Elle se rappelait avec précision le visage effrayé de la femme enceinte qui l'avait vue apparaître à sa porte-fenêtre, les mains en sang, le visage trempé par la sueur et la pluie. Elle lui avait fait un thé bien chaud pendant que la police arrivait sur les lieux.

— La jeune femme de la salle de bains, vous avez dit la connaître.

— Elle s'appelle Audrey, c'est un ami qui nous a présentées.

— Vous connaissez son nom de famille ?

Anna hocha la tête. Les larmes remontèrent lorsqu'elle

se remémora leur rencontre au café et leur dîner au restaurant. Audrey l'avait écoutée, rassurée et avait su en quelques mots donner du sens au chaos qu'était devenue sa vie depuis l'accident. Aujourd'hui elle était morte.

— Alors j'aurais besoin du numéro de votre ami.

Anna n'aimait pas l'idée de mêler le professeur Roody à tout ça, mais les flics trouveraient son numéro de toute façon.

— C'est le professeur Philippe Roody, il s'occupe de gens ayant vécu une EMI.

— Vous voulez dire que cette jeune femme avait elle aussi vécu ce type d'expérience ? demanda-t-il en fronçant les sourcils.

— Oui.

Le flic nota quelques mots sur un carnet. Visiblement, ce dernier élément l'intéressait beaucoup. Anna se demandait pour quelle raison. Laetitia Gunther et les autres filles étaient-elles, elles aussi, passées par le tunnel lumineux ? Le tueur s'attaquait-il uniquement aux personnes qui avaient approché la mort ?

— Anna, si cet appartement est bien le repaire de notre homme, nous allons certainement trouver quelque chose qui permettra son interpellation. En attendant, vous êtes en danger de mort.

Anna l'écoutait sans réagir. La gravité de sa voix prouvait que cette fois, il la prenait au sérieux.

— Je ne peux malheureusement pas mettre en place de programme de protection, mais soyez sûre que je ne serai jamais loin.

Zed lui tendit sa carte en souriant.

— Je vais le trouver, je vous le promets.

Anna avait envie de le croire. Quelque chose au

fond d'elle-même lui criait que cet homme était plus qu'un simple flic.

Elle leva les yeux et aperçut un petit crucifix en bois accroché sur le mur. Le Christ la fixait de ses yeux vides et froids.

Il est mort pour racheter nos péchés... dit la voix au fond de son âme.

38

Elle aurait dû rentrer chez elle et demander à Alain de la rejoindre. Elle se serait blottie dans ses bras pour tenter d'oublier le cauchemar qu'elle venait de vivre. Mais elle n'était pas chez elle, ses pas l'avaient amenée ailleurs, au milieu de l'agitation de la place d'Italie puis dans la petite rue où se trouvait l'immeuble de Roody. Elle hésita quelques secondes à sonner à l'interphone, mais sa pulsion était trop forte. Elle avait besoin de réconfort, de chaleur et de force, elle ne supportait plus les allusions incessantes d'Alain à son foutu accident et aux effets du traumatisme.

— Oui ? La voix de Roody lui fit immédiatement oublier Alain.

— C'est Anna, je peux vous voir ?

— Il y a un problème, Anna ?

— Oui.

Roody portait un simple tee-shirt et un pantalon de jogging, c'était la première fois qu'elle le voyait en tenue décontractée. Le tissu moulait une musculature sèche mais puissante, elle pensa qu'il devait faire du sport pour être en si bonne condition physique.

Il l'avait accueillie chaleureusement, installée dans un fauteuil club avant de disparaître dans la cuisine pour lui préparer un thé. Elle lui avait raconté tous les détails de sa rencontre avec le tueur à une exception près, elle avait été incapable de lui dire que c'était le corps d'Audrey qui se trouvait dans la salle de bains. Au fil du récit, de chaudes larmes coulaient le long de ses joues et il lui avait tenu la main, transmettant la chaleur de sa compassion. Une fois que ce fut terminé, il l'avait prise dans ses bras, serrée très fort, comme on serre un enfant, puis ses lèvres étaient venues se poser sur les siennes pour y déposer un baiser doux et attentionné. Anna avait senti le volcan de son désir se déchaîner. Elle venait de frôler la mort et elle n'aspirait qu'à la vie. Ils avaient fait l'amour avec passion sur le canapé du salon. Ils avaient joui l'un et l'autre en totale communion. Elle ne s'était jamais sentie autant désirée et entière. Il était maintenant allongé à côté d'elle dans le lit où ils avaient prolongé leurs ébats et il la regardait silencieusement. La sonnerie de son téléphone portable vint interrompre ce moment de quiétude. Elle avait trois appels en absence, Alain essayait désespérément de la joindre. Une pointe de culpabilité lui traversa l'esprit quand elle vint retrouver son amant dans le lit. Les mains de Roody se posèrent sur ses seins et elle sentit le désir remonter à nouveau. Alain pouvait attendre, le monde entier pouvait attendre, elle était vivante et c'était tout ce qui comptait.

39

Les quais de Seine défilaient à toute vitesse autour de lui. Zed traçait la route, largement au-dessus de la limite autorisée, pour rejoindre une nouvelle pièce du puzzle. Depuis l'entrée fracassante d'Anna Renucci dans son enquête, tout semblait s'accélérer. Pourtant, il restait d'innombrables zones d'ombre.

D'abord l'identité du tueur, les recherches effectuées à partir du portrait-robot n'avaient rien donné malgré la précision de son témoignage. L'appartement du 27 rue d'Amsterdam était loué depuis plusieurs années par un certain Freddie Moller, nom d'emprunt inconnu des services d'état civil français. Le règlement du loyer se faisait en liquide, une simple enveloppe glissée sous la porte de la concierge. L'enquête de voisinage était au point mort, personne dans l'immeuble n'avait jamais vu Freddie Moller, l'homme se faufilait entre les mailles du filet judiciaire comme une ombre dans la nuit. Pourtant, Zed était persuadé qu'il se rapprochait de sa cible. L'homme avait fait sa première erreur en laissant Anna lui filer entre les doigts, il allait le payer cher.

Les techniciens s'en étaient donné à cœur joie pour relever les traces d'ADN et d'empreintes dans l'appartement. *Un matériel de première main parfaitement exploitable*, avait précisé le technicien de la scientifique. Ils allaient forcément trouver quelque chose. Resterait ensuite à croiser les doigts pour qu'il soit référencé dans la banque ADN européenne. Zed avait bon espoir, on ne devenait pas serial killer du jour au lendemain. Ce type de profil se construisait lentement dans le délit et la déviance avant de sombrer dans le crime. Ils auraient forcément son identité quelque part. Ensuite viendrait le temps de la traque et, même s'il était doué pour disparaître, ils finiraient par l'avoir.

Zed tourna la poignée des gaz et dépassa une grosse berline diplomatique aux vitres teintées. Il adorait conduire sur les quais, rare endroit à Paris où l'on pouvait rouler tout en faisant du tourisme. La longue liste des monuments parisiens défilait sur sa droite, il serait bientôt arrivé à destination.

Ce qui le perturbait le plus, c'était de trouver une place à Anna Renucci dans tout ça. Pourquoi le tueur s'intéresserait-il à une simple mère de famille ? *Il a un lien avec elle…*

C'était la raison la plus évidente et certainement la bonne. Elle devait même le connaître. Mais alors, pourquoi vouloir la tuer maintenant ? Et de manière aussi complexe ? Tout avait commencé après son accident de voiture et son expérience de mort imminente, c'était ça qui avait forcé le tueur à se dévoiler. Comment Anna pouvait-elle avoir un rôle aussi important dans la trajectoire criminelle de ce psychopathe ? Découvrir ce lien serait résoudre l'enquête.

Zed aperçut sur sa droite la rampe en pierre qui descendait le long des berges jusqu'à l'usine de ciment. Plusieurs voitures de police étaient garées là ainsi qu'un camion-grue dont le bras articulé pendait au-dessus du fleuve. Une dizaine de personnes, flics, OPJ et techniciens organisaient l'espace d'une nouvelle scène de crime. Des plongeurs de la brigade fluviale fouillaient le périmètre, scrutant de leurs torches les profondeurs noirâtres de la Seine.

— Qu'est-ce qu'on a ? demanda Zed au premier OPJ croisé.

— Un mec avec le bide ouvert sur le siège passager. Pas de papiers. On laisse bosser la fluviale au cas où quelque chose soit tombé au fond.

Zed n'écoutait pas. Il fixait le véhicule ruisselant de vase. Une Lada grise.

40

Philippe Roody, 45 ans, casier judiciaire vierge mis à part un rapport de la gendarmerie concernant un accident de voiture ayant entraîné le décès de sa femme et de sa fille, dix ans plus tôt. Il était au volant, il avait voulu répondre à un appel téléphonique et avait perdu le contrôle de son véhicule à 120 km/h sur l'autoroute A3. Un miracle qu'il soit encore en vie. Zed imaginait la culpabilité qui devait le ronger, chaque matin, depuis l'accident. Un truc à vous rendre fou qu'il fallait évacuer d'une manière ou d'une autre. Pourquoi pas par la violence et le meurtre ? Roody n'était pas un suspect très crédible, mais il était dans le cercle rapproché d'Anna Renucci. Il connaissait bien la dernière victime et c'était un spécialiste des EMI, une nouvelle piste à suivre.

Zed avait traversé le campus vide de l'université de sciences de Jussieu jusqu'à une tour en béton gris où un escalier menait dans les sous-sols de la fac. Jussieu, monstre de béton et d'acier, avait les entrailles apparentes, désossée par une procédure de désamiantage qui devait durer des années. L'université ressemblait à un écorché vif exposé au froid glacial.

Zed croisa une jeune fille d'une vingtaine d'années, emmitouflée dans un manteau blanc.

— Bonjour, je cherche la salle de conférences.

— Faut descendre d'un niveau et suivre le couloir, lança-t-elle sans lever la tête de l'écran de son smartphone.

Zed suivi les indications et se retrouva dans un petit amphithéâtre souterrain. Une vingtaine d'étudiants écoutaient consciencieusement le cours magistral d'un homme en costume clair. Même depuis le fond de la salle, ses yeux bleus perçants scintillaient comme des étoiles mortes. *« Il disait qu'il avait vu un ange... »* Les paroles du SDF rencontré pendant sa planque pour trouver Casquette lui revenaient à l'esprit.

Zed regarda sa montre, le cours avait commencé depuis plus d'une heure et il restait une bonne quinzaine de minutes à patienter. Il décida de s'installer au fond de la salle plutôt que de ressortir à l'extérieur où le vent soufflait plus fort que jamais.

Le cours traitait, de ce que Zed pouvait comprendre, du fonctionnement du cerveau. Au milieu d'un vocabulaire scientifique totalement hermétique au néophyte, Zed s'accrochait à des bribes de phrases intelligibles. Roody expliquait avec une passion communicative comment chaque aire de notre cerveau gauche est reliée à une émotion précise à travers le labyrinthe inextricable de stimuli chimiques et nerveux. Il posait à ses élèves la question philosophique du libre arbitre. Sommes-nous réellement maîtres de nos décisions et donc de notre destin, ou nos actes ne sont-ils pas simplement le fruit d'une superposition de mécanismes biologiques ? Le destin serait ainsi réduit à un programme biologique dont on pouvait décrypter chaque étape. Zed se demanda comment on pouvait vivre en acceptant cette théorie comme réelle. Elle enlevait toute place au hasard et réduisait nos décisions à une succession de réponses stéréotypées, comme un programme froid et immuable. Une bonne manière d'échapper à la culpabilité, pensa-t-il. Un meurtrier convaincu d'accomplir son destin biologique ne verrait sans doute dans ses victimes que des séquences obligatoires du film de sa vie. Zed eut un sourire intérieur, son métier de flic était un destin biologique comme un autre, il avait fait muter son cerveau en une machine à transformer le moindre élément en une théorie criminelle. Son filtre psychologique imaginait sans cesse le pire et analysait la moindre hypothèse, essayant de créer des liens entre des détails qui n'en avaient pas à première vue. Dans le cas de Roody, une petite lumière rouge, peu intense mais bien entêtante, commençait à s'allumer dans ses circuits internes. Il se frotta les mains à la recherche d'un peu de chaleur et écouta le professeur terminer sa conférence.

41

Sur la place située juste en face de la fac se trouvait un café fréquenté essentiellement par des étudiants. Zed et le professeur Roody s'étaient installés à l'intérieur et avaient commandé un café et un thé vert. Le métier de flic véhicule un certain nombre de clichés comme celui selon lequel tout bon flic est accro au café et à la cigarette. Zed ne correspondait pas à cette image d'Épinal du flic neurasthénique et aigri. Il avait, depuis longtemps, pigé que ce métier le mènerait tout droit au cimetière s'il ne se fixait pas quelques règles comme celle d'éviter la nicotine, la caféine et l'alcool. Dix ans aux stups lui avaient montré ce que le mot dépendance signifiait réellement. Roody observait sa tasse, hésitant à tremper ses lèvres dans le liquide brûlant. Zed l'observait, mine de rien, tout en l'écoutant parler.

— Cette nouvelle… ça a été un choc.

— Comment l'avez-vous appris ?

— Audrey devait participer à une conférence avec moi. C'est sa mère qui m'a appelé.

La voix du professeur était tremblotante, son

émotion sincère, le détecteur de mensonges de Zed restait au calme plat.

— Vous la connaissiez bien ?

— Très bien ! C'est un des premiers témoignages que j'ai reçus lorsque j'ai commencé mes recherches sur les EMI. Elle était… exceptionnelle.

— Et très jolie, répondit Zed en fixant son interlocuteur dans les yeux.

Rien ne passait hormis une sorte de lueur intense qui semblait pulser depuis le fond de son âme. Cet homme avait la quiétude d'un bonze. Zed avala une gorgée de thé vert avant de continuer.

— Vous lui connaissiez des ennemis ? Des gens qui auraient pu lui vouloir du mal ?

— Audrey ? Tout le monde l'aimait ! Comment ne pas l'aimer ? C'était une âme pure, elle rayonnait la joie de vivre, le bonheur.

— La jalousie n'a pas de limites professeur. Elle avait un petit ami ?

— Pas que je sache.

— Bizarre pour une fille aussi jolie…

— J'imagine que son handicap n'était pas quelque chose de facile à partager… Pourtant, elle était bien plus vivante et passionnée que la plupart des gens que je connais.

Roody termina sa phrase avec un sourire triste. Zed était persuadé qu'il n'avait jamais eu de liaison avec la fille, ou bien c'était un menteur d'exception.

— Excusez-moi, professeur, mais je suis un néophyte en la matière. Pouvez-vous m'expliquer en quoi consiste votre travail sur les expériences de mort imminente ?

— Bien sûr… Je suis neuropsychiatre, j'étudie les mécanismes du cerveau depuis des années. L'EMI est pour moi un phénomène cérébral absolument fascinant, car il n'a pas encore d'explications scientifiques valables.

La voix du professeur avait légèrement changé de ton. Zed pouvait sentir la passion qui l'animait lorsqu'il parlait de son travail. Cet homme ne vivait que pour ses recherches, il devait avoir une vie privée réduite à peau de chagrin, Zed en aurait mis sa main à couper.

— Et pourquoi est-ce si fascinant ? Ne s'agit-il pas simplement de visions ?

— C'est une hypothèse de travail, oui… Sauf que dans le cas des visions, par voies chimiques par exemple, certaines zones du cerveau sont activées. Dans le cas d'une EMI, le cerveau tout entier est en veille, aucune activité, pas une synapse en mouvement ! On a pu le vérifier plusieurs fois par l'expérience.

— Alors d'où viennent ces images ?

— C'est ça le mystère ! Si elles ne sont pas produites par le cerveau, d'où viennent-elles ? Certains parlent d'une conscience collective située dans un autre espace-temps, cela expliquerait pourquoi tous les expérienceurs à travers les époques, quels que soient leur culture ou leur âge, décrivent exactement le même phénomène.

Malgré son extrême concentration pour saisir le moindre sous-texte, la moindre faille dans la voix de Roody, Zed ne pouvait s'empêcher d'être fasciné par le récit du professeur. Cet homme avait un charisme magnétique qui vous aspirait dans son univers. Un vrai gourou.

— Une conscience collective, vous voulez dire un dieu ?

— Pour certains, oui. Pour d'autres, il s'agirait d'informations situées dans une dimension parallèle et se déplaçant à des vitesses supraluminiques. L'au-delà nous renvoie à la physique quantique vous savez. « Le hasard, c'est Dieu qui se promène incognito », disait Einstein !

— Très bien. Donc lorsqu'on approche de la mort, on vit une sorte de « programme » commun à toute l'humanité. Pourquoi existe-t-il des variations dans ce programme ? Pourquoi le film n'est-il pas toujours le même ?

— Excellente question ! Tout simplement, car nous ne sommes pas passifs face à ce film. Nous vivons cet événement de manière active et il a un sens conçu pour chacun d'entre nous. En d'autres termes, le programme est unique, il utilise un code universel, mais son architecture, sa portée est individuelle. Chacun d'entre nous vit une EMI pour une bonne raison. Charge à lui de la découvrir.

— Et dans le cas d'Anna Renucci ? interrompit Zed.

— Son cas est une exception. Dans le cas d'une expérience noire, le programme n'appartient pas à cette banque universelle… Il est totalement original, comme créé directement pour la personne.

— Pourquoi elle ?

— Je ne sais pas. L'étude des expériences noires est encore trop jeune. Vous comprendrez que les personnes qui ont vécu ce genre d'expériences ne le disent pas forcément. Cela peut créer un fort sentiment de culpabilité. Parfois même une dépression.

— Vous ne pouvez donc rien me dire à son sujet ?

— Rien, mis à part qu'elle a l'air d'avoir développé une sorte de don médiumnique suite à son EMI. Un pourcentage non négligeable d'expérienceurs le fait. Cela expliquerait ses visions, au-delà du choc post-traumatique bien sûr.

— C'est cette particularité qui vous a amené à la contacter après sa première visite ?

— Non, je ne savais même pas qu'elle avait vécu une expérience noire.

— Elle vous a tapé dans l'œil ?

— J'évite de mélanger ma vie privée avec mon travail, commandant. Croyez-moi, rien de bon n'en sort en général.

— Alors quoi ?

— La curiosité, simplement. Et mon intuition. Anna est… particulière, vous ne trouvez pas ?

Zed acquiesça et finit de noter le témoignage dans son carnet. Tout en inscrivant les mots sur le papier, son cerveau fonctionnait à toute vitesse. Roody était étrange, une personnalité atypique et difficile à déstabiliser. Aucune faille n'avait réellement percé son armure. Mais la chaleur de son sourire et son charme magnétique évoquaient à Zed la froideur d'une steppe aride et glaciale. Il a beau être revenu de la mort, il a laissé une parcelle de son humanité là-bas, pensa-t-il en terminant sa tasse de thé.

— Vous avez une piste ? Vous savez qui a pu faire ça ?

— J'y travaille. Mais pas grand-chose d'intéressant pour l'instant, non.

Le professeur Roody fit signe au garçon de café, un jeune homme débraillé, visiblement un extra qui devait payer ses études à la fac.

— Je vais devoir vous laisser, j'ai un cours d'amphi dans dix minutes. Si je peux vous aider, n'hésitez pas…

— J'ai une dernière question. Pourquoi avez-vous dit à Anna que c'est une voiture roulant en sens inverse qui a provoqué votre accident de voiture ?

Pour la première fois, le visage de Roody sembla perdre de son flegme monacal. Ses lèvres se pincèrent. Ses yeux se figèrent dans une expression mélancolique. Zed avait enfin trouvé la faille.

— C'est elle qui vous l'a dit… (Il hésita quelques secondes avant de continuer.) La culpabilité j'imagine. C'est difficile de dire à quelqu'un qu'on a causé la mort de ses proches. Il m'a fallu des années pour accepter de me le dire à moi-même.

— Je comprends, professeur… Désolé d'être un peu brutal, mais mon métier consiste à éclaircir toutes les zones d'ombre.

— Vous avez raison. La lumière, c'est la clé de la vie, dit-il en enfilant son élégant manteau en laine.

Zed sourit et le salua de la main. Il garderait un œil sur le professeur Roody, c'était certain.

42

Anna était recroquevillée au fond de son canapé, une couverture en grosses mailles de laine tirée sur les jambes. On l'avait attirée dans un piège pour la tuer. Quelqu'un rôdait à l'extérieur, prêt à lui passer le couteau sous la gorge, à la saigner comme un mouton à l'abattoir. Le flic lui avait dit qu'elle était en danger, même son appartement ne pouvait lui servir de refuge, la preuve : l'homme était rentré chez elle pour inscrire un message mortel sur son agenda. Un frisson lui traversa le corps, elle pouvait ressentir la peur dans chaque fraction de son être. Mais pire que tout, elle s'inquiétait pour Nathan. Car maintenant, tout était en train de se mettre en place dans sa tête. C'était l'homme qui avait frappé son fils pour l'atteindre et lui faire du mal à elle. Pourquoi Nathan ne se le rappelait pas, un autre mystère à élucider. Pourtant, Anna ne doutait plus, il avait menacé de la tuer à leur première rencontre et après quelques mois d'observation, il allait passer à l'acte quoi qu'il en coûte.

Sonnerie d'un téléphone portable dans la pièce voisine. Anna n'avait pas la force de se lever. Il était

15 h 30, elle allait chercher son fils à la sortie de l'école dans moins d'une heure et chaque mouvement lui demandait un effort décuplé. Ce matin, elle avait appelé la bibliothèque pour les prévenir de son absence, tout le monde là-bas lui parlait avec une petite voix conciliante, son aventure de la rue d'Amsterdam n'avait pas filtré, mais on la croyait en dépression, ce qui était sans doute vrai. Elle pouvait entendre d'ici son patron dire aux collègues : *vous voyez, je vous l'avais dit, elle craque.* Lui qui, depuis son accident, n'aimait plus la nouvelle Anna, celle qui fumait, prenait ses RTT et répondait à ses avances douteuses par une repartie tranchante. Un bruit de porte dans l'entrée la fit sortir de son marasme mental, Alain rentrait plus tôt du cabinet. Alain, lui aussi, il allait falloir le gérer. Depuis son aventure avec Roody, elle avait l'impression qu'il se doutait de quelque chose…

— Ça va, ma chérie ? demanda-t-il en venant l'embrasser.

— Pas trop non. Qu'est-ce que tu fais là ? T'as fini tôt.

— J'ai annulé une dent de sagesse pour venir te voir. La police a dit qu'il fallait éviter de te laisser seule trop longtemps.

— Je sais, mais bon, tu dois bien aller travailler.

— Ne t'inquiète pas, je suis là, tu vas bien, c'est tout ce qui compte.

Anna sourit et il se pencha pour déposer un baiser sur ses lèvres. Alain était étonnamment chaud, peut-être plus chaud que jamais. Ou alors c'était Anna dont le sang se glaçait peu à peu.

À nouveau, sonnerie du portable. Alain disparut

dans le couloir pendant qu'elle déployait un effort colossal pour sortir du canapé et aller chercher de l'eau chaude dans la bouilloire de la cuisine américaine. Quarante minutes avant de partir chercher Nathan, elle avait le temps de prendre une douche rapide, de s'habiller et de profiter un peu des quelques rayons de soleil qui perçaient le mur de grisaille hivernale.

— Tiens, dit Alain en lui tendant son téléphone portable.

Sur l'écran d'accueil, on voyait inscrit le nom de Philippe Roody avec le chiffre 5 entre parenthèses.

— Cinq fois qu'il t'appelle depuis ce matin, tu devrais essayer de le joindre, ça a l'air important.

La voix d'Alain transpirait la jalousie. Durant toutes ces années où ils s'étaient éloignés, elle ne lui avait jamais donné de raisons d'être jaloux. Mais leur récent rapprochement physique avait ravivé la flamme de son homme et par la même occasion, sa jalousie maladive.

— Je lui ai posé un lapin ce matin. Normalement, je devais assister à une conférence sur les EMI.

— Et c'est pour ça qu'il te harcèle au téléphone… Dis donc, je suis allé voir sur Internet. Il est calé le garçon.

Ses mots résonnaient comme un vrombissement précédant un coup de tonnerre.

— Il m'a surtout beaucoup aidée à comprendre ce qui m'arrive.

— En plus, il est plutôt séduisant.

BOUM, le tonnerre était là. Manquait plus que la foudre.

— Alain, tu sais bien que…

— Je ne sais rien du tout ! On n'a pas couché ensemble pendant plus d'un an, et ta libido se réveille soudainement après ta rencontre avec ce mec.

— Et ?

— Et je me demande s'il n'y a pas une raison. Peut-être que je ne récolte que les miettes.

— Ça veut dire quoi ? Tu crois que je te trompe ?

Il serra les mâchoires. Visiblement, il ruminait cette histoire depuis longtemps.

— Tu me trompes ?

Dis-lui que oui et tu seras définitivement débarrassée de ce boulet, dit la petite voix.

— Non… je ne te trompe pas. Je ne t'ai jamais trompé. Mais quand je te vois comme ça, je me dis que j'ai été bien conne.

Poings serrés, Alain était à la fois soulagé et à la limite de l'implosion. Anna non plus n'en menait pas large. Elle avait envie de le prendre dans ses bras, de le consoler en lui disant de ne pas s'inquiéter, que leur couple allait repartir comme avant, soudé autour de Nathan et de leur famille. Pourtant, tout ça n'existait plus. Ses sentiments à l'égard de Roody prouvaient qu'elle n'était plus amoureuse d'Alain. Alors oui, il avait sans doute raison, elle avait baisé avec lui à défaut de s'autoriser de le faire avec l'autre, mais maintenant…

Alain avait les larmes aux yeux, quelques secondes elle imagina qu'il avait lu dans ses pensées, ça aurait été tellement plus simple. Puis elle s'entendit lui dire :

— Je t'aime.

43

La neige tombait doucement sur le visage d'Anna. Le tapis de feuilles mortes sur lequel elle était allongée avait la texture du coton. *J'y suis*, pensa-t-elle en ouvrant les yeux. La transition cognitive avec la douceur de son matelas était en train de disparaître. Encore quelques secondes et elle serait totalement immergée dans son rêve. Le froid et toutes les autres sensations désagréables de ce coin de forêt lugubre allaient s'incruster progressivement dans les strates de ses sens, transformant une nuit paisible en un cauchemar horrifique.

Elle se redressa et tourna la tête pour apercevoir le décor inquiétant qui l'entourait. Les arbres décharnés, partout, mais cette fois ils portaient tous des spirales. Anna avait beau plisser les yeux, elle n'arrivait pas à apercevoir le bout de cette interminable forêt d'arbres cadavériques. Une lumière bleutée, diffuse, semblait pulser depuis une distance infinie. Un soleil bleu se levait à l'horizon, bleu comme l'herbe dont le professeur Roody lui avait parlé. Anna fit quelques pas pour rejoindre le premier tronc à sa portée.

Un liquide noirâtre coulait de la spirale, le sang des arbres. Contrairement à ses cauchemars précédents, le monde n'était plus en noir et blanc. Le bleu était partout et donnait à son rêve un réalisme plus tenace. Tout ce qui l'entourait vibrait de réalité, elle pouvait apercevoir le moindre détail de toute chose, la moindre aspérité de matière dans la trame de ses créations mentales. Comment peut-on rêver avec autant de précision ? se demanda-t-elle en observant les rainures d'un morceau d'écorce.

C'est parce que tu ne rêves pas. Tu es ailleurs. Dans l'autre monde, répondit la voix. Un souvenir émergea soudain dans sa conscience. Le professeur Roody lui avait parlé d'expériences de mort partagée. Se pouvait-il qu'elle soit en ce moment même en train de vivre la mort d'un autre ? Cette idée vertigineuse quitta son esprit aussi vite qu'elle y était apparue : une femme se trouvait en face d'elle. Anna n'eut aucun mal à la reconnaître, il s'agissait d'Audrey. La jeune aveugle portait une sorte de robe en lin transparent qui masquait à peine sa nudité. Elle se déplaçait avec une telle légèreté qu'elle semblait en apesanteur. Son visage diaphane et la blondeur de ses cheveux luisaient comme une étoile au milieu du bleu de la forêt. Audrey dégageait la même douceur, le même apaisement que lors de leur première rencontre. Elle vint se placer juste à côté d'Anna et la fixa avec ses immenses yeux verts.

— Tu es venue, Anna.

— Où suis-je ?

— Là où marchent les âmes, à l'ombre des anges.

— Après la mort ?

— La mort n'existe pas. Elle n'est pas plus réelle que la vie.

Anna sentait une chaleur apaisante se diffuser d'Audrey et l'entourer. C'était plus qu'une chaleur. Ça pénétrait son corps par tous les pores de sa peau jusqu'à baigner son âme. Elle sentit ses angoisses la quitter comme on abandonne un lourd fardeau et un profond sentiment d'amour prit le pas sur toutes ces sensations.

— Merci, dit-elle simplement en pleurant des larmes de joie.

— Anna, je ne suis pas ici pour t'emmener avec moi. Ton heure n'est pas encore venue.

— Est-ce que je pourrai encore sentir cela ?

— C'est à toi d'en décider. Un danger te guette, un danger qui essaye de t'écarter de la voie.

— Le tueur ! C'est lui qui t'a fait ça, Audrey !

— Tu es en danger mais il y a des forces qui œuvrent pour t'aider. Tu as un ange gardien, Anna. Fais-lui confiance.

— Qui ?

— Il est marqué par le doute, mais vos destins sont liés. En te sauvant, c'est lui qu'il sauve.

— Je ne comprends pas, Audrey, tu parles par énigmes.

La lumière bleue devint subitement plus forte. Au loin, le soleil s'était dilaté pour embraser tout l'horizon. Lentement, le contour des choses commençait à s'estomper. Audrey elle-même perdait de sa netteté.

— Je ne suis pas Audrey, répondit-elle avant de disparaître.

44

« J'étais rentré dans la lumière, une lumière intense. Elle me faisait mal aux yeux. Et puis j'ai vu des formes et je me suis rendu compte qu'il s'agissait de villes. Des villes faites de lumière. Je me trouvais au milieu d'une ville brillante, superbe, construite comme une cathédrale, sauf qu'on pouvait voir au travers des murs et dans chaque bâtiment se trouvait cette lumière d'or et d'argent... »

Témoignage de José G.,
patient du professeur Philippe Roody.

La flamme de la bougie crépitait doucement sur une auréole de cire fondue. Zed se tenait face au triptyque coloré relatant la vie de saint Georges. Il était immobile, une bougie à la main, le regard perdu dans un horizon invisible. Une lumière dorée donnait à la scène des airs de peinture flamande et semblait fixer cet instant de recueillement dans l'éternité.

Pourquoi ne répond-Il pas ? Depuis son plus jeune âge, Zed avait toujours préservé son contact avec Lui. Le rythme harassant de son métier avait tout détruit de sa vie privée, sauf ce lien intime, ces brefs instants de quiétude durant lesquels il réussissait à faire le vide et à entendre Sa voix. Dieu n'était pas un vieil ancêtre qui régissait le monde depuis le fond du cosmos, Zed était persuadé qu'il avait placé en chacun de nous une petite parcelle de lui-même par laquelle il nous guidait tout au long de notre vie. Le problème était d'entendre Son discours puis de l'accepter. Enfant, Zed avait tissé un lien subtil avec Dieu. Là où ses camarades de catéchisme ne voyaient que le cadre rigide d'une religion archaïque imposée par des prêtres à longue barbe, il s'était senti investi d'une mission : écouter la voix qui résonnait dans son cœur et vivre selon Ses préceptes. Peu à peu, les commandements innombrables sermonnés par les popes se transformèrent en valeurs d'humanité et de fraternité. Son engagement dans la police, tradition familiale puisque son père avait lui aussi été flic, devint une évidence. Il avait fait ses classes et traité ses premières affaires avec la conviction profonde d'amener sa pierre à l'édifice invisible d'un ordre global et universel. Son travail de flic était en quelque sorte une pièce du puzzle que Dieu avait construit avec l'humanité. Pourtant, des années plus tard, les valeurs avaient survécu, mais leurs cuirasses étaient émoussées par les innombrables horreurs dont il avait été témoin. Et puis, lentement, le doute s'était installé dans son cœur et la voix s'était faite de plus en plus rare.

Pourquoi ne répond-Il pas ?

La cire brûlante coula sur sa main focalisant son esprit sur la douleur. Son enquête partait dans tous les sens. Le travail de la scientifique dans la rue d'Amsterdam avait permis de mettre en évidence un ADN unique sur la plupart des détritus, photos, poignées de portes, de fenêtres et autres éléments de l'appartement. Ils avaient l'ADN du tueur mais, contrairement à ce qu'il espérait, l'homme n'était dans aucun fichier.

Les recherches sur la Lada grise en collaboration avec Interpol avaient elles aussi abouti à une identité. Petrov Crachek, résident polonais possédant un permis de travail demandé trois ans plus tôt à l'ambassade de France de Cracovie. Un simple gaillard qui avait voulu tenter sa chance en France et avait fini au fond de la Seine, la cage thoracique défoncée par, selon le légiste, un hachoir ou une hache. Crachek n'avait visiblement aucun lien avec les différents éléments de l'enquête, sauf que sa Lada grise avait bien été utilisée par le tueur. On avait retrouvé l'ADN de l'appartement sur le volant et les portières et pour couronner le tout, une vieille tache de sang sur la banquette arrière de la voiture avait parlé : même ADN que celui de Kristina Prima, la victime du périphérique. Si le tueur avait supprimé Petrov et l'avait envoyé au fond de la Seine avec la voiture, c'est qu'il se sentait en danger et voulait couvrir ses traces. Pourtant, le propre des tueurs en série est de ne pas réussir à s'émanciper de leurs pulsions meurtrières. Contrairement aux criminels raisonnés, la folie les pousse à continuer leur chemin de mort sans se soucier de la police. Ou alors le tueur était arrivé au bout de son chemin. Le scénario criminel qu'il s'était fixé allait prendre fin et il réglait les derniers détails avant de disparaître ou de finir en apothéose. Et pourquoi Anna Renucci ?

Cette femme était au centre de la mécanique criminelle et du parcours sanglant du tueur. Il était allé jusqu'à essayer de la tuer, elle avait donc, elle aussi, un rôle à jouer dans son scénario.

Zed soupira en posant la bougie sur un portique en cuivre. Sur le dernier triptyque, saint Georges plantait sa lance profondément dans le cœur du dragon. Le combat entre le bien et le mal que défendaient la plupart des religions révélées était beaucoup trop simple. Combattre le mal en l'incarnant dans une créature, un démon que l'on peut abattre d'un coup de lance était une vision bien manichéenne du monde. Le combat de Zed était bien plus complexe : le mal se cachait en chacun d'entre nous.

Il avait un visage et un ADN, toute sa carrière policière lui enseignait que ce n'était plus qu'une question de temps. Pourtant, la lumière rouge continuait à pulser sans discontinuer dans sa tête. Quelque chose ne collait pas dans tout ça…

45

Anna poireautait à l'adresse indiquée depuis presque une demi-heure. Ce retard l'intriguait et la mettait mal à l'aise. Roody était habituellement d'une ponctualité chirurgicale. S'ajoutait à cela l'étrange nervosité de sa voix lors du bref échange téléphonique qu'ils avaient eu dans la matinée. Non, il se passait quelque chose d'anormal. Anna commanda un nouveau déca tout en contrôlant la porte d'entrée de la brasserie parisienne où ils avaient l'habitude de se voir. Depuis leur rencontre quelques mois plus tôt, elle ne l'avait jamais senti aussi inquiet, lui qui affichait constamment un flegme à toute épreuve. Roody fit son apparition, poussant la porte de la brasserie, calfeutré dans son manteau en laine noire pour se protéger du froid. Il traversa la salle et vint se placer face à elle avant de planter ses yeux lumineux dans ceux d'Anna.

— Ça va ? demanda-t-il d'une voix sans timbre.

— Et toi ? Tu m'as fait peur au téléphone.

— Il sait pour nous.

Roody était replié sur lui-même, les mains dans

les poches de son manteau. Le froid semblait ne pas le quitter.

— Qui sait ?

— Ton mari… Il m'a appelé. Il m'a menacé de venir chez moi tout foutre en l'air.

Anna ne quittait pas Roody du regard et elle ne pouvait s'empêcher de penser qu'il avait changé. Quelques mois plus tôt, elle était tombée sous le charme d'un homme sûr de lui, rayonnant, rassurant. Au fil des rendez-vous dans son appartement, ils s'étaient rapprochés, jusqu'à devenir amants. Il lui avait donné du plaisir et entre ses bras, elle s'était enfin sentie redevenir femme. Aujourd'hui, c'était de la peur qu'elle sentait dans chacun de ses mots.

— Ce ne sont que des menaces. Alain, c'est pas un violent.

— C'est ce que tu crois ! Je me suis renseigné. Il l'a déjà fait ! Il y a trois ans, tu es allée voir un psychanalyste pour t'aider à surmonter ta fausse couche !

— Comment tu sais ça ?

— C'est pas le problème, Anna. Je suis psychiatre, j'ai pas mal d'amis dans le milieu et je me suis renseigné, voilà. Le psy t'a rappelée après deux mois de travail pour te dire qu'il arrêtait la thérapie.

— Oui… et alors ?

— Alors ton taré de mari est venu à son cabinet et a menacé de le balancer par la fenêtre s'il continuait à te voir. Je le sais, j'ai discuté avec ton psy !

Anna se le rappelait. À l'époque, elle s'était sentie abandonnée. Les séances l'aidaient à se libérer de la culpabilité, on n'accouche pas d'un enfant mort sans conséquences. Elle savait Alain jaloux, il l'avait toujours été, mais de là à menacer quelqu'un de mort.

— Tu crois qu'il pourrait faire ça ?

— Non seulement je le crois, mais j'en suis certain ! La jalousie est un puissant moteur de pulsions. Il t'aime, Anna, il n'est pas prêt à te partager, crois-moi.

Roody lisait dans son jeu comme dans un livre ouvert. Lorsqu'elle l'avait embrassé pour la première fois, elle s'était dit qu'elle ne pourrait jamais mentir à cet homme.

— Tu es au courant que le flic est venu me voir ?

— Bien sûr, pour te parler d'Audrey, répondit-elle sans hésitations.

— Et surtout de toi. Il n'a rien dit de précis, mais il s'intéressait plus à toi qu'à Audrey.

— Mais je lui ai déjà tout dit.

— Le tueur, tu n'as jamais pensé que tu pouvais le connaître, je veux dire… que ça pourrait être quelqu'un de proche ?

Anna avait peur de comprendre les sous-entendus de son amant.

— Alain ? Non. Et puis je te rappelle que j'ai vu son visage, il ne ressemble pas à Alain.

— Ça peut très bien être un trauma diffus.

— De quoi tu parles ?

— L'homme de ton expérience noire, le barbu avec les lunettes, tu peux projeter son image sur la personne qui t'agresse.

— C'est de la folie.

— Ton esprit cherche à rationaliser tout ce qui t'arrive depuis l'accident. Transformer le croquemitaine de ton EMI en personnalisation du tueur permet de soulager la pression. D'éviter le burn-out.

— Tu peux m'expliquer, parce que là, j'ai du mal.

— Alain aurait très bien pu t'agresser dans cet appartement et tu l'aurais imaginé sous les traits de ton croquemitaine.

Un sentiment de chute vertigineuse s'empara d'Anna. Non, c'était impossible… Elle essaya de se remémorer tout ce qui s'était passé depuis l'accident. La poursuite dans le métro, l'infraction dans son appartement, le mot dans son agenda… Tout pouvait coïncider… Jusqu'aux hématomes de Nathan.

Il ne dit rien parce que c'est son père qui lui a fait ça.

Un sentiment profond de dégoût la submergea.

— Qu'est-ce que je peux faire ?

— En parler aux flics.

— Non… c'est pas possible.

— Tu es en danger, Anna ! Quelqu'un a essayé de te tuer. Il faut envisager toutes les hypothèses. (Sa voix se brouilla à cause de l'émotion.) Je ne veux pas qu'on te fasse du mal…

Anna leva son visage vers celui de Roody. Elle fixa ses yeux transparents avec intensité. Pas de doutes, c'était lui son ange gardien.

46

Anna faisait les cent pas dans le couloir de son appartement. Depuis son entrevue avec Roody, elle se répétait en boucle tous les arguments qui la poussaient à décrocher son téléphone pour appeler la police criminelle et dénoncer l'homme avec lequel elle vivait, le père de son enfant. Plus elle fouillait sa mémoire, plus les pièces du puzzle se mettaient en place. Alain l'avait trompée avec une prostituée il y a trois ans, c'était la cause première de leur conflit, or, mis à part le cas d'Audrey, le tueur ne s'attaquait qu'à des prostituées. Le soir où quelqu'un avait pénétré dans son appartement pour écrire un message sur son agenda, Alain était là, il aurait très bien pu se lever dans la nuit pour préparer cette petite mise en scène destinée à la déstabiliser… Essayait-il de la rendre folle ? Peut-être se vengeait-il des années de frustrations qu'elle lui avait fait subir après sa trahison.

Et puis il y avait le mystère Nathan. Jamais son fils n'avait desserré les dents pour expliquer comment il avait pu recevoir de tels coups sur le dos. Voulait-il protéger son père ? Le seul point d'ombre restait la théorie du trauma diffus. Malgré les affirmations de Roody, elle avait du mal à accepter que l'homme à la barbe ne soit qu'une hallucination mentale. Elle décida d'arrêter de se triturer l'esprit en rangeant le bric-à-brac de cartons et de vieilles affaires qui encombrait le dernier étage de son armoire. C'est alors qu'elle trouva la boîte.

À l'intérieur, une série de photos en noir et blanc précautionneusement rangées par piles. Des clichés de vacances pris en bord de mer. On y apercevait de vertigineuses falaises blanches surmontées de touffes d'herbes coupées à ras. Étretat et son aiguille creuse dressaient leurs remparts de calcaire comme un barrage aux flots déchaînés de l'océan. Sur certains clichés, une petite fille aux cheveux sombres d'une dizaine d'années luttait contre le vent : Anna. Elle s'était installée à Étretat avec sa mère quelque temps après son septième anniversaire et leur départ d'Amsterdam. De ces années d'enfance, il lui restait le son du vent soufflant sur les falaises et l'odeur puissante de la marée. Elle se rappelait les longues promenades sur le chemin des douaniers, entourée par l'océan et les champs à vaches. Ces moments lui semblaient irréels, presque vécus par quelqu'un d'autre. Sur une photo, on apercevait une femme aux cheveux sombres et aux traits marqués se tenant sur le perron d'une large demeure en colombage de style néo-normand. Sa mère avait hérité de la demeure familiale, un véritable manoir, qu'elle avait eu beaucoup de mal à entretenir. À leur installation, Anna se souvenait des innombrables fuites. L'eau s'écoulait du toit à travers les ardoises brisées et tombait au goutte à goutte dans des bassines et des casseroles qu'il fallait vider plusieurs fois par jour en cas d'averses. La nuit, le manoir résonnait d'une curieuse symphonie aquatique qui la berçait aussi sûrement qu'une comptine.

Un autre cliché montrait un homme âgé portant un bleu de travail et une bêche : monsieur Philibert, le jardinier. Malgré son grand âge, il était resté fidèle à la famille et venait travailler gratuitement pour entretenir le jardin et cultiver le potager. Anna le soupçonnait d'être amoureux de sa mère, elle avait surpris quelques regards affectueux entre deux coups de bêche. Son visage se ferma : c'était monsieur Philibert qui avait retrouvé le corps.

Tout d'un coup prise d'un malaise, Anna rangea les photos en piles et referma le petit carton où elles sommeillaient depuis presque une décennie. Cela s'était passé un matin de décembre 1984, monsieur Philibert était venu vérifier que ses plants de tomates étaient suffisamment couverts pour supporter la rigueur hivernale. Anna était à l'école et il était rentré dans le manoir avec le double des clefs qu'il possédait depuis toujours. Il l'avait trouvée dans la cuisine, pendue à une poutre du plafond. Elle n'avait rien laissé. Ni lettre ni message, aucune explication. Anna se souvenait encore du visage de la directrice de son école. Elle ne lui avait rien dit. Elle l'avait simplement prise dans ses bras et serrée très fort. Anna avait compris qu'il se passait quelque chose de grave. Mais pas aussi grave. Sa maman s'était suicidée en l'abandonnant au vaste monde. Elle avait dix ans. Une larme coula sur sa joue et Anna décida d'arrêter le massacre. Se remémorer ces souvenirs n'apportait rien de bon, juste un peu de colère et d'amertume. Elle pensa à Nathan. Il avait besoin d'elle. Si Alain lui avait vraiment fait du mal, il fallait qu'elle en ait le cœur net. Si c'était vrai, elle ferait leurs valises et partirait le soir même. Son père l'avait abandonnée, sa mère l'avait abandonnée, elle n'abandonnerait pas son fils…

47

Il restait quelques traces de l'accident sur le bitume. Juste un trottoir légèrement enfoncé et des marques de gomme à l'endroit où le camion avait pilé pour essayer d'éviter la collision. Anna observait silencieusement la place où son destin s'était scellé. Si seulement elle n'avait pas pris sa voiture ce jour-là pour emmener Nathan à l'école… sa vie aurait été différente. Une volée de gamins commençait à sortir par la porte de l'école. Troupeau de têtes blondes et brunes portant d'impressionnants sacs à dos ou des valises à roulettes munies de poignées. Certains remontaient déjà le trottoir en direction de leur appartement, d'autres dévoraient des pains au chocolat ou des compotes à boire amenés par les parents ou plus généralement, les nounous. Anna sourit en apercevant la frimousse de Nathan entouré par ses deux copains Édouard et Ramsé. Dieu qu'il avait grandi ! Anna avait beau le voir tous les jours, elle s'en étonnait encore. Dans quelques années, il lui faudrait venir à l'évidence que son petit garçon deviendrait un ado dont l'unique objectif serait de gagner son indépendance. Il lui faudrait alors lâcher du lest, accepter de ne plus être « la maman » au centre de son univers.

Si tu es encore en vie !

Comme toujours, la petite voix était d'un optimisme débridé. Anna l'écoutait à peine, elle avait appris à vivre avec le Jiminy Cricket maléfique qui logeait désormais au fond de son crâne. Elle fit un signe de main en direction de Nathan qui tapa dans les poings de ses camarades façon skateur et dévala les quelques marches du perron pour venir la rejoindre.

— On va où ? demanda-t-il sans entrain.

— Où tu veux.

— Au skate parc ?

— Allez, d'accord !

Il y a quelques semaines, Nathan avait customisé son *board* en y fixant un *full strap*, sorte d'arceau en tissu permettant de caler son pied avant afin de réaliser certains sauts périlleux. Anna regardait ça avec bienveillance et une pointe d'inquiétude (et s'il se cassait une jambe !), mais elle était surtout heureuse de voir son fils sourire à nouveau. Devant la demande des riverains, eux-mêmes soûlés par leurs préados, la mairie du cinquième arrondissement avait construit un petit skate parc à l'angle de la rue des Écoles et du square Paul-Langevin. Deux rampes en béton se faisaient face et accueillaient malgré le froid une nuée de gamins en pantalons baggy et parkas moulantes. Réussir à trouver un centimètre carré d'espace pour lancer sa planche dans la pente était déjà un exploit, mais Nathan n'avait pas l'air de s'en soucier.

Anna fixait son fils qui dévalait à toute vitesse la première rampe, accroupi sur sa planche pour négocier la montée sur la seconde. Il avait les cheveux au vent et le sourire aux lèvres. Elle ne pouvait pas se faire à l'idée qu'Alain avait pu le frapper. Cela aurait voulu dire que depuis toutes ces années, elle partageait la vie d'un monstre, ou bien il avait changé après la fausse couche et le début de leur conflit. Une pointe de culpabilité lui serra le cœur. *C'est à cause de toi qu'il est devenu dingue !*

C'est alors qu'elle remarqua l'homme dans le sous-bois en face d'elle. Il était grand, habillé de bric et de broc et portait une longue barbe grise. Il la fixait depuis son abri où l'obscurité lui masquait une partie du visage. Quelque chose dérangea immédiatement Anna dans ce visage, il était familier.

L'homme sortit de sa cachette et avança d'un pas rapide vers le petit grillage qui entourait la pelouse du square. Il l'enjamba sans y porter la moindre attention et continua en ligne droite vers Anna. Il devait être à une dizaine de mètres lorsqu'elle reconnut son visage. C'était le SDF de son cauchemar. Ses yeux sombres la fixaient avec une expression de folie, il tenait une de ses mains serrée dans une poche de son long manteau. Anna eut juste le temps de se lever du banc où elle patientait en regardant son fils lorsqu'il arriva à son niveau. Son visage était sale, couvert de crasse et il empestait la pourriture. Elle crut voir des traces de sang sur son manteau et son pantalon.

— Ne pars pas ! gémit-il. Je suis là pour toi.

Anna hésita quelques secondes à prendre ses jambes à son cou. Elle se rappela que Nathan était là, visiblement absorbé par son skate, mais néanmoins vulnérable aux attaques de ce détraqué. Elle fit face courageusement.

— Qui êtes-vous ?

— Je suis le messager, son messager, répondit-il avec une pointe de fascination dans la voix.

— Vous l'avez vu ?... Vous avez vu l'homme au poignard ?

— Je l'ai vu et il m'a révélé.

— Qui est-ce ?

— Un ange de la mort. Il façonne les âmes pour les aider à se révéler. Il les libère.

L'homme triturait nerveusement quelque chose dans la poche de son manteau. Anna crut apercevoir un manche en bois dans sa main.

— Qu'est-ce que vous me voulez ?

— Il m'a donné une mission.

Sa voix se brisa en un profond sanglot. Anna crut voir des larmes couler sur ses joues.

— Il faut en finir, Anna... Je dois te tuer.

En un geste rapide, l'homme serra le manche du hachoir et le sortit de sa poche. Anna aperçut l'arme encore couverte de sang coagulé noirâtre et fit un bond en arrière. La lame décrivit une large arabesque dans l'air, manquant sa cible et venant se planter profondément dans le bois du banc. Anna avait une seconde pour réagir, elle frappa l'homme au visage alors qu'il se penchait pour ramasser son arme et pivota pour s'enfuir.

Casquette récupéra le hachoir et se lança à sa poursuite. Il était presque 18 heures et les seules personnes dans le square étaient les skateurs concentrés sur leurs figures. Anna longea l'allée principale qui menait jusqu'à la rue. Son poursuivant avançait d'un pas lourd dans son sillage. Elle arriva au niveau du trottoir et, miracle, aperçut une voiture de police garée sur le trottoir d'en face. Casquette avançait toujours, son hachoir à la main alors qu'elle traversait la rue pour rejoindre le véhicule.

Elle frappa au carreau de la vitre du conducteur. À l'intérieur, deux flics en uniforme dévoraient un sandwich au chaud. Le conducteur ouvrit sa portière.

— Qu'est-ce qui se passe, madame ?

— Là, en face, il y a un homme qui essaye de me tuer ! dit-elle en pointant le doigt vers Casquette qui se trouvait immobile de l'autre côté de la rue.

Le flic sur le siège passager manqua de s'étrangler en apercevant le géant barbu et son hachoir. Il sortit de son véhicule en braquant l'homme avec son arme de service au cas où il traverserait la rue.

— Ne bougez pas et jetez ça par terre ! hurla-t-il la bouche encore pleine.

Casquette fixait toujours Anna dans les yeux. Il laissa tomber la lame sur le sol.

— Tu ne comprends pas, je voulais t'aider, dit-il avant de se jeter sous les roues d'un autobus qui filait à toute vitesse le long du trottoir.

Anna vit une longue traînée rouge éclabousser l'asphalte.

Une fraction de seconde, elle crut reconnaître la spirale de sang gravée sur les arbres de ses cauchemars.

48

Nathan était assis près d'un radiateur en fonte et fixait avec de grands yeux une photo accrochée sur le mur. On y voyait deux hommes face à une table où était exposée toute une panoplie d'armes de guerre. On avait rajouté au feutre la mention « prise record, bravo la deuxième brigade ! ». Anna remerciait le ciel que son fils n'ait rien vu de l'abominable rencontre qu'elle venait de vivre. Face à elle, une jeune femme aux cheveux noirs coupés court terminait de taper sa déposition. La porte du bureau de brigade s'ouvrit pour laisser entrer Zed, un dossier rouge à la main.

— C'est lui ! dit-il avec une certaine dose d'excitation dans la voix. C'est lui que nous recherchons depuis des semaines, le fameux témoin disparu du meurtre de Laetitia Gunther.

Anna ne dit rien, ça, elle le savait déjà, elle l'avait vécu en live pendant son cauchemar.

— J'ai vérifié avec la chaussure que vous m'avez ramenée du bois de Vincennes, ça coïncide.

La fliquette leva les yeux de l'écran de son ordinateur.

— Et la Lada du Polonais ?

— J'attends les comparaisons d'ADN. Par contre, y a pas de doute, le hachoir c'est le même !

La Lada du Polonais ? Anna n'avait aucune idée de ce dont ils parlaient, mais à les entendre, le SDF était la clef qu'ils attendaient depuis longtemps. Zed s'arrêta deux secondes au niveau de Nathan.

— Ça va, mon grand ?

Hochement de tête timide. Depuis tout petit, Nathan hésitait dans ses choix futurs de carrière entre flic et pompier. Il en avait un authentique face à lui et Anna le sentait impressionné.

— Ça te plairait de visiter un peu les bureaux ?

Un grand sourire illumina son visage. Pas qu'un peu.

— Lisa, t'as terminé, tu peux t'en occuper ?

La jeune fliquette acquiesça et quitta sa chaise pour rejoindre Nathan.

— Ne vous inquiétez pas, je m'en occupe, dit-elle en souriant à Anna.

Zed attendit qu'ils eurent quitté la pièce avant de venir s'asseoir en face d'Anna.

— Autant éviter de trop le mêler à tout ça.

— Merci, répondit Anna.

— On dirait qu'on avance, non ?

— Je ne sais pas… à vous de me le dire.

— Cet homme était sur les lieux du premier crime, on a retrouvé ses empreintes sur l'arme qui a tué le propriétaire d'une Lada grise aperçue sur une autre scène de crime et il a essayé de vous tuer. Ça fait de lui un sérieux suspect. On n'a pas encore son identité, mais j'ai lancé une recherche à l'international.

— Ce n'est pas lui que j'ai vu dans l'appartement.

— Mais vous m'avez dit l'avoir vu dans vos visions, répondit-il sans aucune pointe de scepticisme.

Anna acquiesça, elle sentait que quelque chose avait changé. Elle ne se trouvait plus face au flic distant et méticuleux qu'elle avait rencontré quelques mois plus tôt. Non seulement il la prenait au sérieux, mais il y avait une sorte de bienveillance, de chaleur dans sa voix.

— Vous avez raison, il était là. Le tueur lui parlait à l'oreille.

— Bien. Maintenant, il va falloir que je vous présente quelqu'un, Anna. On a une excellente psychologue qui bosse avec nous.

— Je ne veux pas voir de psy.

— On a essayé de vous tuer deux fois en moins d'un mois. Vous avez besoin de soutien.

— J'en peux plus de ressasser tout ça dans ma tête. J'ai pas envie d'en parler à un étranger.

— C'est son métier, Anna, elle est là pour vous aider à verbaliser vos angoisses. Ça va vous libérer.

Anna sentit la colère monter. On venait d'essayer de la tuer avec un hachoir au milieu d'un parc, elle avait échappé trois fois à la mort en quelques mois, personne ne pouvait lui dicter ce qui était bon pour elle.

— Pas question ! répondit-elle sèchement.

Zed ne sourcilla pas.

— OK, c'est votre choix… Mais essayez au moins de prendre quelques jours de vacances avec votre fils. Quittez Paris le temps que je boucle l'enquête.

— Vous pensez qu'il y a un autre tueur ?

— Je ne sais pas… Mais je sais que vous avez

vécu suffisamment de choses pour vous autoriser à faire un break. Vous n'avez pas un endroit où aller à la campagne ?

Anna pensa aussitôt à Étretat. Le manoir familial, l'air du large, les balades sur les falaises. Alain lui avait proposé un petit week-end en amoureux, c'était peut-être le moment d'accepter.

Une demi-seconde, elle se rappela les avertissements de Roody. Ses soupçons sur Alain étaient bien loin désormais.

49

Anna terminait de remplir la valise de son fils tout en l'observant ranger méticuleusement les câbles de sa console de jeu dans son sac à dos.

— Tu me promets que tu ne passeras pas la semaine à jouer ? dit-elle sans grand espoir.

— Promis, maman.

Anna se faisait peu d'illusions, les parents d'Alain étaient incapables de lui refuser quoi que ce soit. Chaque week-end avec eux se transformait invariablement en une orgie de sucreries, cadeaux et autres visionnages de films interdits pour son âge. Anna et Alain avaient beau protester, il n'y avait rien à faire, ce qui se passait chez les grands-parents échappait à leur contrôle et, dans le cas présent, ce n'était pas plus mal. Nathan, comme elle, avait besoin d'un break. L'hiver touchait à sa fin, il était grand temps de passer à autre chose. Le printemps aurait une saveur particulière cette année, celle d'une renaissance.

Dans la pièce voisine, Alain réglait les derniers détails de leur départ. Il avait rappelé Edward pour qu'il s'occupe de sa clientèle pendant leur semaine de congés à Étretat. Edward avait accepté sans hésitation, trop heureux d'arrondir ses fins de mois et de financer sa passion pour les jeux en ligne.

Dire qu'il va tout perdre en une soirée, avait déploré Alain. *Qu'il crève !* sermonnait la voix qui ne lui accordait aucune circonstance atténuante. Anna avait beau avoir pardonné à son mari, elle n'était pas prête d'oublier ce fameux « séminaire » au cours duquel il s'était envoyé en l'air avec une gamine. À l'époque, Alain et Edward étaient inséparables. Ils devaient passer trois jours à Deauville pour un congrès médical organisé par l'Association dentaire de France. Anna se doutait bien qu'ils y allaient surtout pour profiter de la plage, des restaurants et du casino, mais elle ne pensait pas que ça se terminerait en partie de jambes en l'air. Lorsqu'elle avait découvert le pot aux roses, Anna était allée directement voir Edward pour lui dire ce qu'elle pensait. Il avait eu beau argumenter que ce n'était pas de sa faute, qu'ils avaient rencontré un homme sur place, une sorte de rabatteur qui les avait embarqués en soirée avec les filles, il s'était pris une belle paire de claques. Rabatteur ou pas, il avait entraîné son mari dans la débauche alors qu'elle était enceinte jusqu'au cou. D'une certaine façon, Anna lui avait toujours reproché sa fausse couche et la perte de tout espoir d'avoir un autre enfant.

— Ça y est, ma chérie, tout est OK ! Alain arborait un sourire radieux. Tu es prête ? On va dormir chez mes parents ce soir, on fera la route demain matin.

Depuis son accident, Anna avait peur de monter en voiture et elle détestait par-dessus tout rouler la nuit.

— Je termine la valise de Nathan et on y va.

— Faut pas qu'on oublie les clefs de la maison. J'espère qu'on n'aura pas de soucis avec le gel cette fois.

Alain faisait référence à leur dernier séjour dans la maison. Ils y étaient allés un week-end, pensant profiter du soleil. Malheureusement, l'hiver précédent avait mis à mal la tuyauterie antique de la maison et ils avaient passé deux jours à essayer de colmater les fuites qui formaient une grande poche d'eau coulant du plafond sur le matelas de leur chambre. Le manoir de son enfance tombait en ruine, mais c'était la dernière chose qui lui restait de sa mère et pour rien au monde elle ne s'en serait séparée. Son téléphone portable vibra dans sa poche. Sur l'écran elle put lire : Roody. Anna jeta un coup d'œil rapide dans son dos pour voir si Alain l'avait entendu. Il était occupé à fouiller sous l'évier de la cuisine pour couper le robinet d'arrivée d'eau.

Anna quitta la chambre de Nathan et traversa le couloir pour aller s'isoler dans la salle de bains. Roody avait essayé de la joindre à de nombreuses reprises depuis son agression, mais elle n'avait pas décroché. Quelque chose dans leur relation s'était cassé lorsqu'il avait essayé de la convaincre de dénoncer Alain. Elle hésita quelques instants et décrocha.

— Anna ? Pourquoi tu ne réponds pas ? la voix de Roody était fébrile.

— Salut Philippe…

— Le flic m'a appelé, il m'a expliqué pour le parc… C'est horrible ce qui s'est passé.

Aucune réponse.

— Écoute, Anna, je ne sais pas pour quelle raison tu m'en veux, j'essaye juste de t'aider depuis le départ. Tu vas bien ?

— Ça va, oui. Je pars me reposer un peu… Je quitte Paris.

— Tu pars ? Avec ton mari ?

— Oui.

— Mais où ?

Le ton plaintif de sa voix commençait à l'exaspérer. Le professeur Philippe Roody avait beau jouer les chantres de la compassion, il était comme tous les hommes, jaloux et possessif.

— Je n'ai pas envie de te le dire, Philippe.

— Pourquoi ? Tu te méfies de moi ?

— Je devrais ?

Silence au bout du fil. Anna pouvait sentir sa respiration rapide.

— Je m'inquiète pour toi, Anna, j'ai peur que tu sois en danger.

— Philippe, c'est terminé entre nous, dit-elle simplement avant de raccrocher.

Il était temps qu'Anna reprenne les rênes de sa vie en main.

Elle ne laisserait plus personne lui dire ce qu'elle devait faire ou croire, jamais.

50

Laurence ouvrit les yeux et fixa le plafond. Un spot incrusté dans le plâtre envoyait une lumière vive tout au fond de sa pupille. Une angoisse soudaine lui déchira le ventre : où se trouvait-elle ? Elle palpa les draps souples et prit conscience de l'oreiller sous sa tête : elle était dans un lit, probablement le sien, probablement dans la chambre de la résidence des Trois Bouleaux dans la ville d'Ivry-sur-Seine, en banlieue parisienne. Laurence fit un effort douloureux pour se redresser et apercevoir le décor à la fois familier et hostile de sa chambre. Elle se frotta vigoureusement les tempes, comme chaque matin. Le médecin lui avait dit qu'établir un rituel pouvait l'aider à garder un peu plus longtemps le contrôle de ses souvenirs. Sur sa table de nuit, une photo en noir et blanc montrait un couple avec ses deux enfants, deux filles, dans un paysage de campagne. Elle prit le cadre entre les mains, détailla le visage de chaque personnage et prononça son nom. Papa, maman, Laurence, Marie…

La résidence des Trois Bouleaux, conçue pour

accueillir des patients atteints de la maladie d'Alzheimer, se dressait non loin des immenses cheminées de l'usine d'incinération. Un flot continuel de fumée blanche s'élevait vers le ciel comme une colonne. Laurence pouvait l'apercevoir depuis la fenêtre de sa chambre et elle pensait parfois qu'elle aimerait, elle aussi, s'envoler dans le ciel et en finir avec ses rituels.

On frappa à sa porte, c'était l'infirmière Marguerite, une petite blonde boulotte avec des escarpins d'un autre âge.

— Bonjour Laurence, comment allez-vous ce matin ? demanda-t-elle avec sa voix de miel.

— Bien… Je crois que j'ai fait un rêve.

— Vraiment, vous vous le rappelez ?

— Non, mais il y avait ma sœur… Ça, je m'en souviens.

— Bravo ! Moi je ne me souviens jamais de mes rêves, répondit l'infirmière.

Comment s'appelait-elle déjà, Marguerite ? Ou peut-être Louisa.

— J'ai une bonne nouvelle pour vous ce matin, vous avez une visite.

— Une visite ?

À nouveau l'angoisse dans le ventre. Laurence détestait les visites par-dessus tout. Avoir le cerveau qui dégénère est déjà suffisamment dur à accepter pour soi-même, devoir supporter que d'autres en soient témoins tient de la torture. Depuis qu'elle avait été admise dans la résidence, seule sa nièce venait parfois lui rendre visite et c'était toujours une épreuve.

— Qui est-ce ? Anna ?

— Non, c'est un monsieur, dit l'infirmière en souriant. Un beau monsieur d'ailleurs !

— Oh… C'est sans doute Raymond.

Raymond était beau. Elle l'avait aimé comme on ne peut aimer qu'une fois dans sa vie. Il était mort depuis au moins trente ans. Un cancer de la gorge l'avait emporté…

— Je vous laisse vous préparer, d'accord ? (Laurence acquiesça de la tête.) Faites-vous belle ! dit l'infirmière avant de sortir.

Faites-vous belle ? Laurence n'avait jamais été coquette, elle faisait partie de ces femmes qui, au lendemain des premières victoires féministes, avaient décidé de ne plus se soucier des hommes pour se consacrer à leurs carrières. L'art était toute sa vie, elle avait grandi dans les musées, appris la liste des moindres œuvres et des génies qui les avaient fait naître avant d'entamer une brillante carrière universitaire. Aujourd'hui, que restait-il de tout ça ? Des bribes de souvenirs diffus qui traversaient son esprit comme des étoiles filantes dans une nuit d'été. Elle fit néanmoins l'effort de se lever et de passer un petit cache-cœur rose qui moulait avec grâce sa silhouette mince. En passant dans la salle de bains, la pièce qu'elle détestait par-dessus tout, elle ne put éviter d'apercevoir le reflet dans le miroir. Cette femme qui se tenait là, face à elle, ce vaisseau de chair et d'os vieillissant, elle ne le reconnaissait pas. Alzheimer pouvait faire perdre la mémoire de toutes choses, même de soi-même.

On frappa de nouveau à la porte. Laurence accéléra le mouvement pour venir s'asseoir dans le petit fauteuil en tissu qu'elle avait fait installer près de la fenêtre. L'infirmière rentra dans la pièce accompagnée par un homme jeune en costume bleu nuit. Il n'avait pas plus d'une quarantaine d'années, les tempes grisonnantes et les yeux d'un bleu perçant. Laurence se dit qu'il ressemblait à un ange…

51

Le long du quai de la Rapée, pas loin du pont d'Austerlitz et de la gare de Lyon, se trouve un endroit où les morts sommeillent en plein milieu de l'agitation des vivants. Contrairement à un cimetière, les âmes de ceux qu'on amène là ne reposent pas en paix. Elles attendent qu'un technicien en blouse bleue vienne débiter leurs corps, extraire leurs organes et fouiller la moindre parcelle de chair à la recherche d'indices. Zed n'aimait pas particulièrement se rendre à l'Institut médico-légal, mais cela faisait partie de son job. Pour lui, le corps humain était un simple véhicule, un vaisseau par lequel l'âme humaine transitait avant de rejoindre quelque chose de plus universel. Dans le cas de Casquette, il se demandait bien où pouvait se trouver cette âme.

— Je vous préviens que c'est pas la joie, avait expliqué le médecin-chef en l'accompagnant dans la petite salle où on stockait les « pourris » – comprendre toutes les carcasses qui, faute de temps ou de procédures rapides, attendaient une inhumation décente depuis un temps avancé.

— Mettez ça, ce sera moins désagréable, dit-il en tendant à Zed un masque en papier.

La pièce était ridiculement petite en regard du nombre de gens qui s'y trouvaient entassés sur des tables roulantes en inox. Le légiste allait de table en table, vérifiant des étiquettes jusqu'à se fixer face à l'une d'entre elles. On y apercevait une masse compacte mais ridiculement petite sous un drap blanc et deux sacs en plastique noir.

— Le choc a disloqué son bassin, on l'a amputé pendant le travail, commenta le légiste en soulevant le drap qui recouvrait le buste du SDF.

Casquette était couché sur le dos, les yeux ouverts. Son grand corps ressemblait à une poupée désarticulée, ses bras pliés selon des angles contre nature. On avait incisé son thorax pour prélever ses organes.

— C'est bien entendu le choc qui l'a tué même si, vu l'état de ses poumons et de son foie, il n'en avait plus pour longtemps.

— Rien d'autre ?

Le légiste relisait rapidement la fiche d'autopsie qu'un de ses collègues avait glissée sous le corps pour plus de simplicité. Le rapport aurait dû être numérisé où repris sur ordinateur, mais l'institut se permettait quelques entorses au règlement, il y avait tellement de corps.

— *A priori*, non. Accident de la route, à ce que je vois, deux de vos collègues étaient sur place. Y a pas trop de doutes sur les causes de la mort. On l'a autopsié parce que c'est la procédure, mais bon…

On a autre chose à foutre, pensait-il certainement.

Zed observait le corps de Casquette. Cet homme

était la seule piste fiable qu'il avait et il ne pourrait plus rien apprendre de lui. Zed avait rassuré Anna en lui disant qu'il pouvait être le tueur, mais il n'y croyait pas. Certes, c'était bien lui qui avait envoyé le Polonais et sa Lada grise au fond de la Seine, encore lui qui avait assisté au crime de Laetitia Gunther et parlé avec le tueur, mais en aucun cas il n'avait tué les prostituées. Zed en était certain pour une simple raison : son ADN ne correspondait pas à celui prélevé à l'intérieur de la Lada et dans l'appartement de la rue d'Amsterdam. Une fois encore, le prédateur lui échappait et faisait disparaître les traces qui menaient jusqu'à son repaire.

Pourtant, cet homme avait forcément un lien étroit avec le tueur. À en croire les quelques témoignages que Zed avait réussi à obtenir, il était comme illuminé, persuadé d'avoir rencontré un ange.

Zed avait l'intuition qu'on l'avait utilisé pour accomplir quelque noir dessein. La mort du cuistot polonais était une de ses missions, celle d'Anna faisait également partie du plan.

Son téléphone portable commença à vibrer dans sa poche.

— Je sors deux secondes, dit-il à l'intention du légiste qui terminait de relire la fiche.

Zed traversa rapidement la salle et sortit dans la cour de l'institut avant de décrocher.

— Capitaine Pakazian ?

La voix à l'autre bout du fil était tremblante, presque apeurée.

— C'est moi, oui.

L'institut était construit au beau milieu d'une

bretelle d'autoroute. Tout autour de Zed, un flot incessant de véhicules rendait la conversation difficile à suivre.

— Ici Philippe Roody... Je ne vous dérange pas ?

— Je vous écoute.

— Je peux venir vous voir ? Je veux dire... On peut se rencontrer ?

— Bien sûr. Qu'est-ce qui se passe, professeur ? Tout va bien ?

— Je ne sais pas. J'ai découvert quelque chose qui peut avoir un rapport avec votre enquête. C'est délicat, j'aimerais en parler avec vous.

— Vous ne voulez pas m'en dire plus ?

— Pas au téléphone, pas comme ça... C'est juste une théorie, mais... il faut que je vous en parle.

— Très bien. Passez me voir au 36.

— Ce soir ? 17 heures ?

— Ça me va.

— À ce soir, capitaine.

Zed raccrocha avec l'impression étrange d'approcher de la vérité. Cet homme avait un rôle à jouer dans l'enquête, il en était persuadé depuis leur rencontre à la fac de Jussieu. Sa proximité avec Anna et la dernière victime ne pouvait pas être un hasard, pas plus que sa connaissance des expériences de mort imminente qui épaississaient le mystère. Zed retourna à contrecœur dans la salle des pourris. L'odeur de pots d'échappement de la cour était un doux parfum à côté des effluves infects s'échappant des carcasses en décomposition. Le médecin était sorti, même lui ne devait pas adorer rester là. Zed vint se placer en face de Casquette et le fixa droit dans les yeux. Ses iris avaient plongé dans ceux du tueur. *J'ai vu la mort en face*, avait-il dit dans sa première déposition le jour du meurtre. C'est donc la mort qui l'avait hypnotisé au point d'en faire un de ses fossoyeurs ?

— Capitaine, j'ai oublié de vous parler de quelque chose tout à l'heure ! (La voix du légiste résonnait dans son dos.) On a inventorié toutes les lésions cutanées antérieures qu'il avait sur le corps. Les traces de coups, les anciennes fractures, les plaies… tout, quoi.

Tout en parlant, le légiste soulevait les bras désarticulés du SDF à la recherche de quelque chose.

— Nous n'avons rien trouvé d'anormal, considérant que cet homme a vécu des années dans la rue et qu'on n'y rigole pas tous les jours.

Il avait arrêté ses recherches et fixait un point sur le poignet de Casquette.

— Par contre, on a dénombré quelques anciens tatouages sur son corps, et l'un d'entre eux pourrait vous intéresser, car il est particulièrement récent. Il l'a visiblement fait lui-même avec une pointe de couteau ou de compas. À ce stade, on parlerait plus de scarification que de tatouage.

Zed se pencha au-dessus de l'épaule du légiste pour voir le bras qu'il tendait vers le plafond.

Sur la peau juste en dessous du poignet, on voyait toute une série de points rouges gonflés de sang formant une spirale.

52

Nathan mangeait tranquillement dans la cuisine en compagnie de sa grand-mère. Il aimait beaucoup les parents de son père et partageait avec son grand-père une passion pour la pêche. Leur pavillon situé non loin du lac d'Enghien possédait un petit jardin fleuri entouré d'arbres centenaires, un havre de paix où il faisait bon respirer l'air pur et fumer une clope. La journée était froide, mais particulièrement lumineuse, et Anna avait décidé de décaler leur départ au lendemain histoire de pouvoir profiter un peu de l'hospitalité des grands-parents et de voir leur fils s'amuser. Tous les événements qui s'étaient enchaînés depuis l'accident lui donnaient l'impression d'un long tunnel d'angoisse, une galerie des horreurs dont le parcours ne faisait que se rallonger au fil des mois. D'abord la mort d'Audrey et sa fuite sur les toits, maintenant l'attaque dans le square. Anna était étonnamment décontractée pour quelqu'un qui venait de frôler deux fois la mort. *Cette foutue expérience noire t'a rendue aussi insensible qu'un bout de métal,* commenta la voix pendant qu'elle tirait une longue inspiration de nicotine directement dans ses bronches.

Elle avait raison, pensa Anna en fixant son fils à travers les baies vitrées de la cuisine. L'intensité inhumaine des événements qu'elle avait traversés lui faisait l'effet d'un big bang d'émotions, une explosion nucléaire qui aurait dû lui faire péter la cervelle. Pourtant, elle était encore là, luttant contre un tueur invisible, cherchant à comprendre ce qui lui arrivait en envisageant toutes les hypothèses. Parmi celles-ci, il y avait la théorie de Roody selon laquelle Alain pourrait être mêlé aux meurtres de prostituées. Si c'était le cas, la police aurait déjà trouvé son ADN dans l'appartement de la rue d'Amsterdam.

Et alors ? Même s'ils trouvent son ADN, il n'est pas dans les fichiers de la police !

La voix avait encore raison, Anna n'était pas une experte en polar, mais ça sonnait vrai. Pourtant, quelque chose au fond d'elle luttait contre l'idée qu'Alain veuille lui faire du mal, elle était sans doute encore amoureuse de lui.

Dans la cuisine, la grand-mère faisait un signe à Anna en lui montrant son téléphone. Elle ouvrit à peine la baie vitrée pour parler.

— C'est Alain !

Anna avança d'un pas rapide jusqu'à la petite terrasse en pierre et prit l'appareil.

— Anna, je serai là vers 20 heures, tout va bien ?

— Très bien. Nathan mange avec ta mère, elle lui a préparé des crêpes.

— Je suis désolé de ne pas être là, faut que j'aide un peu Edward, il a perdu la main.

— J'espère qu'il ne va pas estropier tes clientes.

— Non, il devrait s'en sortir… D'ailleurs il t'embrasse.

Anna ne répondit rien. Elle n'avait jamais reparlé à Edward depuis la fois ou elle l'avait pris entre quatre yeux pour lui dire tout le bien qu'elle pensait de lui.

— Dis-lui que je l'embrasse aussi, dit-elle doucement.

Avec toutes les horreurs qu'elle traversait, il était grand temps que les choses changent.

— Je t'embrasse et je te dis à ce soir… Et je t'aime, ma chérie.

— Moi aussi je t'aime.

Elle glissa le téléphone portable dans la poche de son jean et réalisa soudain qu'elle mourait de froid. Le mois de mai était bien entamé, mais ce foutu hiver semblait ne pas vouloir en finir. Dans la cuisine, Nathan dévorait ses crêpes comme s'il n'avait pas mangé depuis des semaines. Il tourna le visage vers sa mère et lui fit un grand sourire. Pour la première fois depuis des semaines, Anna eut l'impression qu'il y avait de l'espoir.

53

Un visage épais encadré d'une petite barbe sombre taillée en pointe. Un nez légèrement busqué surmonté de lunettes carrées en acier. Deux yeux noirs perçants. Zed fixait le portrait-robot du tueur tel que l'avait minutieusement décrit Anna après son agression. Malgré tous ses efforts et ceux de ses collègues, cet homme ne correspondait à aucun délinquant des cent quatre-vingt-dix pays couverts par les fichiers de l'OIPC (Organisation internationale de police criminelle). Pas plus que l'ADN découvert dans l'appartement de la rue d'Amsterdam et la Lada grise retrouvée au fond de la Seine. Cet homme était un fantôme, un prédateur anonyme qui n'avait jamais laissé la moindre trace, nulle part, ou alors il se trompait de piste… Zed jouait avec le carnet en cuir noir qu'Anna était venue lui apporter. À l'intérieur se trouvait la note manuscrite de la main de l'homme qu'il cherchait. *Tu veux savoir la vérité ? Viens me chercher 27 rue d'Amsterdam.* Zed avait procédé à une analyse graphologique. C'était l'écriture d'une personne extrêmement névrosée, l'arête cassante des lettres et les courbes sèches montraient une frénésie dans l'action de coucher ces mots sur le papier. Il traitait la feuille blanche comme un corps lézardé de coups de couteau. Zed avait son visage, son ADN, ses empreintes et son écriture et pourtant l'homme lui échappait. Ce n'était pas logique. Il jeta un œil sur l'écran de son ordinateur.

16 h 45, il avait rendez-vous avec le professeur Roody dans un quart d'heure. Zed prit son arme de service dans un tiroir et vérifia le chargeur. Il fallait se préparer à toute éventualité, Roody était toujours sur sa liste…

54

Un rayon de lumière illuminait les tours de la cathédrale Notre-Dame. Sur le parvis, des nuées de touristes attendaient patiemment dans la longue file qui s'était formée au niveau de la porte transversale. Trente mètres au-dessus d'eux, les gargouilles se penchaient vers le vide, prêtes à fondre sur la masse. Le professeur Roody se tenait à l'entrée. Il poussa une épaisse porte en bois et pénétra dans la nef, gigantesque vaisseau de pierre illuminé de vitraux colorés. Il avança telle une ombre dans les travées, perdu au milieu d'un flot continu d'hommes, femmes et enfants, téléphones portables à la main, immortalisant d'un clic neuf siècles d'histoire. Notre-Dame était devenue un musée plus qu'un lieu de culte. Roody n'était pas croyant, mais s'il l'avait été, c'était le dernier endroit où il serait allé pour se recueillir. Pourtant, c'est lui qui avait choisi l'endroit, spécialement à cause de l'agitation qui y régnait. Ce qu'il avait découvert à la maison de repos des Trois Bouleaux l'avait plongé dans un abîme de réflexions. Le froid de l'hiver semblait s'être immiscé jusqu'au plus profond de son âme et ne le quittait plus.

Il lui fallait la chaleur des corps, la proximité des vivants pour raviver la flamme et lui éclaircir les idées. Un enfant le frôla en courant avant de se faire rattraper par son père, un Italien, qui le sermonna pour qu'il se calme. Roody était au niveau d'une petite chapelle où saint Georges, harnaché de son armure en plaques et tenant une longue lance, pesait de tout son poids pour enfoncer la lame dans le cou du dragon. Il avait longuement hésité avant d'appeler la police, mais ses découvertes étaient trop importantes. Ce qu'il avait entendu de la bouche de cette vieille femme à la mémoire disloquée n'aurait rien signifié pour la plupart des gens. Lui savait déchiffrer l'âme humaine et il y avait lu la pire des abominations… Il avait rendez-vous dans quelques minutes et le 36 quai des Orfèvres était à moins de cent mètres de là. Quelque chose frôla le bas de son dos, le gamin turbulent était sans doute revenu. Difficile de tenir un jeune enfant dans un musée, à plus forte raison dans un lieu de culte où l'on exige le silence. Roody se retourna pour tenter de le repérer, mais il eut juste le temps d'apercevoir une silhouette noire collée contre lui. Il sentit une décharge électrique au niveau de sa poitrine. La douleur était froide et commençait à se diffuser dans tout son abdomen. Vingt centimètres d'acier venaient de transpercer l'étoffe de son manteau, son élégant pull en cachemire et sa chemise avant de percer la chair et les os jusqu'au cœur. Il ouvrit la bouche pour hurler, mais l'homme posa délicatement une main sur sa bouche tout en l'accompagnant jusqu'au sol. Roody se tenait assis sur une marche de pierre. Face à lui, saint Georges continuait son éternel combat contre le mal.

La silhouette se détacha et disparut dans la foule alors qu'il restait assis là, les yeux perdus dans la lumière d'un vitrail.

Lentement, le sang coula le long du tissu de son manteau et fit une longue rigole sur les pavés de la cathédrale. Il fallut plusieurs minutes avant que quelqu'un ne le remarque.

55

Le manoir se trouvait au sommet d'une colline face à la mer. Pour y accéder, il fallait emprunter un chemin de terre sinueux traversant une épaisse forêt de chênes. Anna n'avait jamais eu les moyens de faire entretenir la maison, encore moins son terrain. Livré à lui-même, il s'était transformé en un chaos végétal d'herbes hautes parsemé de bosquets d'orties et de ronces. Plusieurs fois elle avait pensé tout vendre, mais cette maison était le dernier héritage de sa mère et elle n'avait jamais pu s'y résoudre. La voiture d'Alain, une 406 grise, quittait le chemin forestier pour s'engager sur l'allée de gravillons qui traversait le jardin. D'innombrables touffes vertes perçaient le chemin, formant des îlots de mauvaises herbes.

— Dis donc, dans quelques années, y aura plus de chemin si on ne fait pas quelque chose. Dommage que monsieur Philibert soit mort !

Monsieur Philibert ! Anna fut presque surprise d'entendre son nom dans la bouche de son mari. Le vieux jardinier, celui-là même qui avait découvert le corps de sa mère, faisait partie de ses souvenirs intimes. Elle oubliait qu'elle avait partagé quinze ans de vie commune, suffisamment pour qu'il connaisse les moindres détails de sa vie.

La silhouette haute et austère du manoir se dressait maintenant face à eux. Ancien lavoir transformé en habitation, ses façades à colombages s'élevaient sur deux étages surplombés d'un toit en ardoises noires. Certaines s'étaient détachées et on pouvait apercevoir la charpente en dessous.

— Il va vraiment falloir faire quelque chose pour le toit. Sinon avec l'humidité, ça va pourrir, ça peut limite devenir dangereux, dit Alain en freinant.

La voiture s'immobilisa sur une bande d'herbes hautes à quelques mètres du chemin qui menait à l'entrée. Anna sortit et respira l'air chargé d'humidité. Une longue bouffée d'odeurs mêlant herbe mouillée et embruns marins lui remplit la gorge. Exactement l'odeur de son enfance. Elle sentit les larmes monter, mais résista. Depuis quand n'était-elle pas revenue ici ? Des années.

À la naissance de Nathan, ils venaient quasiment tous les week-ends pour fuir l'asphalte et les gaz d'échappement. Mais depuis sa fausse couche et les innombrables conflits qui avaient suivi, ils n'y avaient plus jamais remis les pieds.

— C'est toujours aussi beau, hein ?

Alain adorait la maison, lui qui avait été élevé en région parisienne et n'avait connu toute sa vie que la ville, c'était son image d'Épinal de la campagne. Il se dirigea vers le coffre et sortit l'unique valise qu'ils avaient emmenée avec eux. Une semaine en amoureux loin de tout, cela résonnait comme un nouveau départ.

Anna s'engagea sur l'allée qui longeait le mur sud. La façade était dans un sale état. L'enduit à la chaux entre les colombages craquelait et se détachait par endroits pour laisser percer des touffes de chanvre. Le manoir familial donnait l'impression d'être atteint d'une maladie lente et douloureuse qui finirait, à coup sûr, par l'emporter. Elle se tenait désormais face à la porte d'entrée, clef en main.

Anna prit une grande inspiration avant d'ouvrir la porte. Ce lieu, elle l'aimait et le détestait en même temps. C'était une porte vers son passé, elle savait que les souvenirs allaient remonter et la submerger. L'espace d'un instant, elle imagina traverser les hautes herbes du jardin et rejoindre la clôture qui délimitait le terrain pour jeter la clef loin, très loin. Elle donna un tour de main et la clef glissa dans la serrure comme si elle ne l'avait jamais quittée. La porte s'ouvrit lentement…

56

Le bruit d'un tracteur au loin. Leur voisin, un industriel anglais à la retraite, passait la tondeuse à gazon. Anna se tenait à la fenêtre de la cuisine, une tasse de thé à la main, et fixait un bosquet d'arbres morts en lisière de terrain. La silhouette décharnée d'un immense chêne se dressait au-dessus des autres, à plus de quinze mètres de hauteur. Son grand âge et la rudesse du climat avaient blanchi son tronc, lui conférant un air encore plus honorable. *Le vieux gris*, pensa Anna. Cet arbre, elle le connaissait bien, c'était un de ces endroits secrets où les enfants aiment s'inventer des histoires lorsqu'ils se retrouvent livrés à eux-mêmes dans la campagne. Anna y avait passé d'innombrables heures à y amonceler des branchages et du foin pour se faire des cabanes ou à graver son écorce avec la pointe d'un couteau. Quelque part sur le tronc devait encore se trouver le nom de son premier amoureux, un garçon du village qu'elle n'avait jamais revu après la mort de sa mère et son départ pour la capitale. Elle avait tout juste dix ans, sa tante Sophie l'avait recueillie dans son appartement parisien et s'était occupée d'elle jusqu'à sa majorité.

Cet endroit est une tombe, rien de plus. La voix n'aimait pas la maison. Depuis qu'Alain lui avait proposé leur petit week-end, elle tentait de la persuader de partir par tous les moyens. Il y avait quelque chose dans le ton de la voix qui commençait à déranger Anna, elle devenait de plus en plus hostile.

— Tu veux qu'on sorte faire un tour ? (La voix d'Alain la fit sortir de ses rêveries.)

— Oui… Un tour du jardin.

— On ne change pas les bonnes habitudes, dit-il en enfilant sa parka noire.

Ils enfilèrent des bottes et prirent bien soin de rentrer le tissu de leur pantalon à l'intérieur. Se frayer un chemin dans les herbes hautes, c'était déranger tout un écosystème de bestioles dont Anna avait horreur. Ils commencèrent leur tour, allant de pommiers en poiriers.

— Faudra tailler ça un jour, commenta Alain qui pourtant, n'avait pas la main verte. On pourrait récolter des kilos de pommes si on s'en occupait un peu.

Depuis peu de temps, il reparlait de leur couple au futur. Anna aimait ça.

— Viens, on va voir le vieux gris, dit-elle.

— Ton vieux copain ! C'est Tara qui te manque ?

Tara. Ce nom sortait lui aussi des tréfonds de son histoire. C'était celui de sa chienne, une braque au poil brun. Elle était morte le lendemain de son neuvième anniversaire et monsieur Philibert avait aidé sa mère à l'enterrer au pied du vieux gris. Depuis lors, l'arbre était devenu un lieu de recueillement où elle se rendait religieusement à chacun de ses passages dans la maison. Tara avait connu la Hollande et la vie de famille avec son père. C'était d'ailleurs lui qui l'avait achetée à Anna pour lui faire plaisir. À sa mort, Anna s'était sentie définitivement coupée de quelque chose. Alain connaissait l'histoire, mais elle ne lui avait pas dit que Tara était le seul cadeau qu'elle possédait de lui. On a beau essayer d'oublier ses racines, ce sont elles qui vous nourrissent…

Le vieux gris n'était plus qu'à quelques mètres. Un épais tapis d'orties protégeait ses abords comme un rempart de château fort.

— Tu veux vraiment y aller ? demanda Alain, sceptique. (Les orties montaient quasiment au niveau de son bassin.)

— On voit que tu n'as pas été élevé à la campagne ! répondit-elle en s'engageant sans hésiter à travers la forêt urticante.

Alain sourit et profita du chemin qu'elle était en train de tracer pour la suivre. Au bout de quelques pas, ils arrivèrent sous les branchages du vénérable chêne. Son tronc était toujours aussi blanc et épais. Il semblait comme pétrifié et capable de rester planté là jusqu'à la fin des temps. D'immenses branches décharnées s'étendaient au-dessus de leur tête comme des bras prêts à les saisir.

— Il est impressionnant quand même, lâcha Alain en levant la tête vers le ciel.

— C'est le vieux gris, répondit Anna en se collant contre le tronc.

D'épaisses couches d'humus s'étaient formées au pied de l'arbre comme un monticule organique.

— Tu te souviens où est sa tombe ? questionna Alain.

— Ici je crois, dit-elle en fixant un point situé face à une clôture. Je me souviens du soir où Philibert a creusé le trou, il jetait la terre vers la clôture. Il m'a expliqué qu'il allait s'en servir pour boucher un trou.

— T'as une super mémoire dis donc. Je pensais que tu n'avais quasiment aucun souvenir de ton enfance.

— Je me souviens de ça en tout cas.

Et Anna s'en souvenait avec une précision chirurgicale. Elle aurait pu décrire la scène dans le moindre détail. C'était une journée d'été, il faisait particulièrement chaud malgré le vent qui ne cessait jamais de souffler dans la région. Monsieur Philibert suait à grosses gouttes en frappant le sol caillouteux avec sa pioche. Elle voyait le cadavre de sa chienne, couché sur le côté. Une de ses pattes dépassait du tissu avec lequel sa mère l'avait recouvert. Une patte immobile. Anna n'avait pas pu résister, elle avait voulu toucher son compagnon de jeu une dernière fois. Elle pouvait encore aujourd'hui décrire l'impression de mort qui s'était dégagée de ce contact. Un froid glacial, un abîme de vide.

Anna fouillait maintenant l'écorce du tronc à la recherche du nom de son premier amour. L'arbre avait beau être mort, le temps faisait son travail, érodant peu à peu la moindre parcelle de bois pour donner un aspect lisse au tronc. Était-ce Jérôme ou Gauthier ?

— Ça y était, ça ? dit Alain en fixant un point à mi-hauteur sur le tronc du vieux gris.

Anna se pencha et eut un mouvement de recul. L'abîme dans lequel Tara avait été aspirée venait de s'ouvrir sous ses pieds, balayant toutes ses certitudes. Sur l'écorce blanche du vieux gris, on apercevait un symbole profondément tracé.

Une spirale.

57

Les urgences de l'hôpital Cochin étaient saturées de personnes attendant qu'un médecin se libère. « L'hôpital va mal », ces quelques mots écrits sur une banderole à l'extérieur résumaient assez bien la situation. Zed avait l'habitude des urgences, il lui arrivait souvent d'y passer pour interroger un témoin ou une victime à chaud, et il savait que c'était partout la même chose. Trop de demande, pas assez de moyens, il n'y avait que les politiques pour ne pas s'en rendre compte. Le peuple, lui, souffrait en silence.

Il traversa la grande salle aux murs vert amande et vint se planter en face de l'accueil.

— Bonjour, on vous a amené un homme blessé au thorax, dit-il en montrant sa carte de police.

Elle consulta sa collègue quelques secondes.

— On l'a directement transféré au bloc dès son arrivée, il est en réanimation.

— Je peux le voir ?

— Demandez au bureau des médecins, dit-elle en lui montrant une direction de la main. Normalement, les visites sont interdites…

Zed la remercia et se mit en route dans le dédale de couloirs grouillant d'hommes et de femmes en blouses blanches. On venait d'attaquer une des pièces maîtresses de sa liste de suspects, en plein jour et devant des milliers de témoins. Pourtant, il semblait que personne n'avait rien vu, si ce n'est une silhouette encapuchonnée. Un couple d'Italiens décrivait une personne de taille moyenne qui se serait approchée de Roody par-derrière et lui aurait parlé à l'oreille, rien de plus. Impossible de mettre un visage sur le tueur ni de faire la moindre prise d'empreintes sur la scène de crimes. Les gars de la PST avaient déclaré forfait face aux milliers de marqueurs qui couvraient le moindre millimètre de la cathédrale. Commettre un crime dans un lieu public est le moyen le plus sûr de passer inaperçu aux yeux de la science.

Au bureau des médecins, Zed s'entendit expliquer que le professeur Roody souffrait d'une profonde entaille latérale portée entre les côtes au niveau du cœur. La lame, sans doute un long couteau à crans, avait perforé une partie du ventricule gauche suturé en urgence par les chirurgiens. On avait essayé de réduire l'hémorragie au maximum, mais son pronostic vital était encore plus que réservé.

— S'il tient la nuit, il devrait s'en sortir, dit le médecin, un jeune homme au visage sec portant des lunettes d'écaille.

Zed demanda la permission de le voir et on le mena jusqu'à la petite chambre où on l'avait installé. On lui avait fait la totale, intubation, perfusion, électrodes pour vérifier ses constantes et son abdomen était barré d'une large bande blanche tachée de sang.

Une nouvelle fois, Roody se trouvait entre la vie et la mort. Zed se demandait s'il était en train de vivre une nouvelle expérience de mort imminente.

— C'est possible de m'appeler à son réveil ? dit-il en tendant une carte au médecin.

— S'il se réveille, répondit-il sans humour.

Roody s'était rapproché de la vérité et on avait cherché à le faire taire définitivement. Zed savait qu'il venait peut-être de perdre une information cruciale pour son enquête. Il allait falloir fouiller l'emploi du temps du professeur et essayer de trouver seul l'information qu'il comptait lui transmettre. Son portable vibra dans sa poche.

— Ouais, c'est Bertrand, y a un brief qui vient de tomber du fichier des données.

Le lieutenant Bertrand Zekmar, un des hommes de son groupe, travaillait avec lui sur le dossier. Comme ses recherches sur le portrait-robot du tueur n'avaient rien donné, Zed avait décidé de les élargir. Il faut parfois savoir ratisser large.

— Alors c'est quoi ? répondit-il en fixant le visage du professeur.

— Tu devrais venir fissa, un truc de ouf !

— J'arrive.

Zed resta quelques secondes face au corps inerte de Philippe Roody et s'avança au bord du lit. Quelque part dans les méandres de la création, il savait que son esprit se battait pour ne pas perdre le lien subtil qui le reliait à notre monde. Peut-être avait-il accès en ce moment même à toutes les réponses qui nous étaient inaccessibles. Zed lui souhaita bonne chance et quitta la chambre.

Les choses allaient enfin bouger.

58

Les falaises s'étendaient à perte de vue, longues murailles de calcaire aux fondations immergées dans l'océan. La mer gagnait peu à peu du terrain, forgeant le paysage au fil du temps. On distinguait quelques maisons au bord des falaises. Dans quelques générations, elles n'existeraient plus. Anna se demandait si, elle aussi, verrait son histoire disparaître, érodée par le flot inaltérable de l'entropie. Ce symbole qu'elle avait trouvé sur l'écorce du vieux gris la ramenait à ses cauchemars et ruinait tous ses efforts pour oublier ce que la petite voix ne cessait de lui répéter. *Quelque chose rôde autour de toi, tu es en danger...*

La première nuit dans le manoir familial s'était pourtant passée sans encombre. Elle s'était endormie en écoutant le son des gouttes filtrer dans l'antique tuyauterie, il avait plu une bonne partie de la nuit. Quelques images de son enfance étaient remontées à la surface, sa mère, une belle femme brune en robe claire au-dessus du genou, se tenait assise en bas des marches de l'escalier, un pot en cuivre dans les mains. Elle avait toujours admiré sa mère. Elle dégageait une beauté naturelle, une féminité intense qu'elle lui avait toujours enviée. Anna aurait voulu qu'elle lui apprenne à se mettre en valeur, à séduire, mais la transmission ne s'était pas faite. Quelque chose s'était cassé chez sa mère après son départ d'Amsterdam et sa séparation avec son père. Anna n'y pouvait rien, elle était devenue un fardeau et on le lui faisait comprendre. Comment l'amour d'un être cher peut-il se transformer en dédain et en haine, elle n'en avait aucune idée, mais la réponse lui faisait peur. Elle se rappela le dos meurtri de son fils et serra les poings. Alain ? Non, c'était impossible.

Le vent soufflait puissamment au sommet des crêtes. Ses longs cheveux noirs se soulevaient au gré des rafales. Elle était partie du village vers midi avec l'objectif de remonter le sentier qui longeait les falaises et formait une boucle à travers champs pour redescendre vers la ville. Alain était parti devant avec son appareil photo, il voulait à tout prix immortaliser le passage du soleil dans l'aiguille percée, un phénomène qu'il n'était possible d'observer qu'à une heure précise de la journée.

Elle était donc seule, luttant contre les éléments, emmitouflée dans un épais manteau, les pieds toujours chaussés de ses bottes.

Autour d'elle la terre était plate et couverte d'herbes longues courbées par le vent. Quelques vaches attendaient patiemment que le temps passe sans se soucier du froid ou de la pluie. Elles fixaient Anna du coin de l'œil tout en ruminant leur repas d'herbe glacée. Anna tourna la tête sur sa droite et contempla l'immensité de l'océan. La mer avait des tons grisâtres et sa surface était parcourue par une armée de moutons agités. À quelques pas d'elle, les falaises tombaient à pic sur plus de cent mètres. Combien de fois avait-elle entendu monsieur Philibert la mettre en garde. *Attention, p'tite, te rapproche pas...* La petite avait grandi et elle se rappelait avec plus de précision la voix du jardinier que de celle de sa mère. La mémoire est sélective et conserve toujours en premier les paroles des gens qui vous aiment.

Un vol de mouettes lança un cri strident qui résonna malgré la force du vent. Anna n'était plus loin du petit sentier qui menait à l'aiguille percée. C'est alors qu'elle le vit...

Le banc se trouvait là, seul face au spectacle grandiose de l'océan. Un banc face à la mer. Ce banc, elle l'avait toujours connu et pourtant, elle ne se le rappelait plus. Ce n'est qu'en l'apercevant, identique à ce qu'il était presque trente ans plus tôt, que son souvenir put émerger depuis les strates enfouies dans son inconscient. Le banc était encore loin d'elle, mais Anna se rappelait parfaitement le moindre détail. Les longs panneaux de bois, l'armature en cuivre jauni et la plaque : *À la mémoire d'Isabelle, mon amour pour toujours*. Petite, Anna avait imaginé toutes sortes d'histoires sur cette Isabelle et l'amour passionné qui la reliait à l'homme qui lui avait offert ce dernier hommage. Elle avait passé des heures, assise face au vent, un livre à la main. Jusqu'au jour où le banc avait revêtu une tout autre signification. Anna sentit son pouls s'accélérer, une silhouette se tenait assise sur le banc, le visage tourné vers elle. De sa position éloignée elle ne distinguait pas précisément tous les détails, mais suffisamment pour que ses poils se hérissent sur sa peau. L'homme était grand, le visage encombré d'une longue barbe blanche. Il portait un manteau débraillé et une casquette vissée sur le crâne. Son cerveau refusait de traiter l'information qui pourtant, lui crevait les yeux. L'homme du square se trouvait face à elle. Un homme qu'elle avait vu mourir de ses propres yeux. La silhouette se redressa et lui fit un signe de la main comme pour lui dire bonjour. Elle était frigorifiée, cet homme sur le banc réveillait des souvenirs qui s'entrechoquaient dans son crâne et lui faisaient tourner la tête. Une main ferme la saisit par l'épaule.

— Fais gaffe !

Alain venait de la tirer en arrière alors qu'elle titubait dangereusement près de l'abîme. Elle fixa le visage de son mari avec terreur. Lorsqu'elle se retourna vers le banc, l'homme avait disparu…

59

« J'ai eu tout à coup une sensation étrange. Je possédais la connaissance absolue de toute chose, c'était bizarre comme sensation, comme si le temps se rétractait et que je pouvais comprendre les secrets du passé et du futur. J'avais accès à la signification de l'univers, des étoiles, de la lune, enfin de tout ! Mais dès que j'ai choisi de revenir à la vie, tout a disparu, ce savoir m'a échappé, je n'ai rien retenu. »

Témoignage d'André R.,
patient du professeur Philippe Roody.

Deux heures et dix minutes, c'est le temps qu'il avait fallu à Zed pour rejoindre Deauville par l'autoroute en respectant les limitations de vitesse. Habituellement, il se serait contenté d'un coup de téléphone, mais cette fois, l'information était trop importante, il fallait qu'il vérifie directement sur place.

Façade blanche à colombages, toit en ardoises flambant neuf, le commissariat se dressait en plein centre-ville, non loin de la gare SNCF. Zed avait demandé à l'un de ses adjoints d'annoncer son arrivée afin de gagner du temps. Les flics n'aimaient pas trop voir d'autres flics s'immiscer dans leurs affaires, encore moins lorsqu'il s'agissait des gars de la Crim que certains considéraient comme une bande de cadors un peu trop imbus d'eux-mêmes. Zed avait l'habitude de ce genre de jalousie entre collègues, mais l'urgence de ses recherches ne supporterait pas la moindre obstruction, même pour quelques heures.

Il se tenait dans un grand hall, parfaitement entretenu. Les murs blanc pétant tranchaient avec l'ambiance vieillissante du 36. C'était ça la police du futur dans les fantasmes des politiciens, une entreprise bien gérée, propre et avec le moins d'humanité possible. Le chiffre avant les sentiments, un credo qui, peu à peu, avait dégoûté la plupart des flics possédant une parcelle de conviction. On se plaignait du manque d'engagement dans les écoles de police, plus personne ne voulait faire ce métier. Trop de pression, trop de danger et une reconnaissance du public proche de zéro, il y avait des raisons profondes à tout cela, et ceux qui en étaient la cause n'allaient sûrement pas l'admettre. L'impasse.

— Capitaine Pakazian ?

Une jeune femme en pantalon beige et pull moulant lui tendait la main.

— Lieutenant Lekarvec, on m'a prévenue de votre visite.

— Bonjour lieutenant, désolé de passer à l'improviste, répondit Zed en lui serrant la main.

— J'ai fait ce que j'ai pu pour réunir un maximum d'informations en un minimum de temps. Tout est dans mon bureau… Vous me suivez ?

Zed acquiesça et lui emboîta le pas. La jeune femme dégageait une candeur rare chez un officier de police. Zed se demanda si le grand air n'était pas meilleur pour les poulets que la grisaille parisienne. À voir Lekarvec, aucune hésitation sur la réponse. Ils traversèrent rapidement le hall pour emprunter un escalier de service. Le bureau du lieutenant se trouvait au premier étage et possédait une belle fenêtre donnant directement sur la grande place de la gare. Un dossier était posé sur sa table avec plusieurs photos. L'une d'entre elles attira immédiatement le regard de Zed : un homme d'une quarantaine d'années, cheveux noirs et barbe finement taillée, portant des lunettes à monture acier.

— Jerôme Bihan, dit « Gégé », expliqua la flic en tendant la photo à Zed. Votre graphiste est super fort, son portrait-robot lui ressemble à la perfection.

Dans un angle du bureau, Zed apercevait le dessin réalisé à partir du témoignage d'Anna. C'était effectivement une véritable copie de l'original.

— Votre collègue m'a dit que vous ramiez depuis deux mois pour l'identifier, je ne comprends pas pourquoi ça a mis autant de temps.

— Parce que je ne cherchais pas dans le bon fichier, répondit Zed en fixant le visage de l'homme. En fait, pour tout vous dire, c'est une grosse surprise de retrouver notre client dans le fichier des victimes…

Lekarvec relut rapidement le compte rendu qu'elle avait préparé et le tendit à Zed.

— On a trouvé son corps dans une impasse pas loin de la plage des planches. Pas beau à voir… D'après le légiste, il aurait reçu une dizaine de coups de couteau dans le thorax et au visage.

Elle lui tendit une photo de Gégé avec deux points rouge sang à la place des yeux.

— On lui a arraché les yeux ?

— Non. Le rapport mentionne qu'ils ont été crevés après le décès. Mais ils étaient encore là… enfin, ce qu'il en restait.

— Ça remonte à quand, vous dites ?

— Fin d'été 2010, le corps a été retrouvé par un petit vieux qui promenait son chien, le 23 juillet exactement.

Plus de quatre ans en arrière ! Lorsqu'il avait attaqué son enquête, Zed avait fait une recherche d'antériorité sur plusieurs années, mais le meurtre de « Gégé » était passé inaperçu.

— L'enquête a donné quoi ?

— Rien du tout. Aucune empreinte, aucun ADN, aucun témoin. On a supposé un règlement de comptes, Gégé était déjà connu ici.

— Dans quel genre ?

— Proxénétisme. Il avait son petit réseau de filles, principalement des escorts qu'il plaçait chez des clients un peu haut de gamme. C'est pas ce qui manque ici. On a supposé qu'il avait dû faire une magouille de trop ou arnaquer la mauvaise personne.

— Les filles, vous avez vérifié ?

— Tout à fait, ici aussi on sait faire notre boulot. (Lekarvec lui présenta un joli sourire qui le fit se sentir un peu plus con.) Je vous ai annoté la liste des filles en annexe. On les a toutes interrogées, elles ne savaient rien. La plupart ne sont pas des pros, justes des étudiantes qui paient leurs études. Il les recrutait par Internet.

— Beau boulot, lieutenant.

— Alors, expliquez-moi un peu pourquoi vous cherchiez Jérôme Bihan dans le fichier des suspects ?

— Vous avez entendu parler du tueur en série qui sévit à Paris en ce moment ?

— Par la presse. On ne nous dit rien ici.

— Voilà pourquoi.

— Ah… Alors j'avoue ne pas comprendre.

Tout en parlant, Zed parcourait le brief du regard. Son nom allait de ligne en ligne jusqu'à trouver la liste des filles interrogées par les flics normands. Une bonne douzaine de noms et prénoms étaient alignés avec chaque fois, un numéro de téléphone et une adresse.

Il accrocha sur l'un d'eux : Laetitia Gunther.

— Je peux utiliser votre téléphone, ma batterie s'est déchargée ? demanda-t-il posément alors que ses neurones étaient en train de faire le lien entre les pièces du puzzle.

— Bien sûr, je vous laisse appeler et je vous attends à la machine à café en bas des marches, ça vous va ?

— Merci, répondit-il en souriant.

Lekarvec passa devant lui et ferma la porte, le laissant seul face à la grande baie vitrée. Gégé Bihan était mort, les yeux crevés, quatre ans plus tôt. Une ébauche… Le résultat morbide d'une première tentative ratée. Puis il y avait eu deux autres meurtres de prostituées jusqu'à Laetitta Gunther retrouvée entre les bouleaux décharnés du bois de Vincennes. Zed était sur le point de rentrer dans la tête du tueur. Un seul élément restait encore obscur. Comment Anna Renucci pouvait-elle être harcelée par un mort ?

— Bon alors, qu'est-ce que tu fous ? Tu rentres ? martela la voix grave de son collègue au bout du fil.

— Non… je vais devoir faire un détour, répondit Zed.

Et il se demanda combien de temps il lui faudrait pour rejoindre Étretat sans respecter les limites de vitesse autorisées. Il allait falloir remettre à plus tard son café avec Lekarvec.

60

Le manoir se dressait dans la pénombre. La nuit tombait rapidement et transformait le paysage bucolique de la campagne en un champ d'obscurité troué par quelques lumières lointaines. Les arbres décharnés, à peine visibles sous la lumière froide de la lune, montaient la garde comme des sentinelles pétrifiées par le froid. On entendait au loin le chaos des vagues se brisant contre les falaises, dévorant peu à peu, centimètre par centimètre la croûte de calcaire pour l'emporter vers d'insondables profondeurs. Anna regardait par la fenêtre, les yeux fixés vers l'horizon. Elle avait vu l'homme sur le banc, la marque sur le tronc du vieux gris et sa tête lui faisait un mal de chien.

Faut rien lâcher, ma petite, défends-toi ! Hurlait silencieusement la voix au fond de son crâne. Se défendre de quoi ? Anna n'en avait aucune idée. Revenir dans cette maison était une folie. C'est là que tout s'était déroulé. Depuis son arrivée chaotique en France jusqu'au suicide de sa mère. Ces souvenirs, Anna les avait toujours refoulés, elle préférait se rappeler son adolescence à Paris chez tante Sophie et ses années à l'université. Pourtant, les portes de sa mémoire avaient fini par lâcher et chaque pièce, chaque meuble, chaque objet de la maison l'empêchaient d'en contenir le flot.

Alain avait pris la voiture pour rejoindre la ville, à quelques kilomètres, et tenter de trouver une pharmacie ouverte. Il lui fallait de l'aspirine pour calmer ses douleurs et peut-être un petit somnifère pour l'aider à passer la nuit. Demain, ils discuteraient ensemble d'éventuellement quitter la maison et d'aller passer la fin de leur séjour à l'hôtel ou dans un gîte. Ce n'est pas ça qui manquait dans le coin. En attendant, Anna était seule dans la maison et elle se sentait irrésistiblement attirée par le petit salon, une pièce étriquée, mais bénéficiant d'une grande fenêtre sur les champs. Alors qu'elle approchait, Anna pouvait sentir l'angoisse monter. C'est là que monsieur Philibert avait découvert le corps de sa mère. Elle s'était pendue à l'aide d'une corde de marin appartenant au vieux jardinier et qu'il stockait dans la remise au fond du jardin. Elle avait réussi à passer la corde sous une poutre du plafond et avait fait un nœud coulant suffisamment solide pour supporter son poids pendant les longues minutes de son agonie. Anna n'avait pas vu le corps, mais elle avait fait bien pire, elle se l'était imaginé. Sa mère portait la longue robe noire qu'elle aimait tant, elle avait enlevé ses chaussures pour grimper sur la chaise et se passer la corde autour du cou. Sa tête formait avec son buste un angle contre nature et sa peau blanche était constellée par tout un réseau de veines bleuâtres prêtes à exploser. Mais ce qui impressionnait le plus Anna, c'était ses yeux.

Des yeux exorbités et lézardés de stries rouges, comme des spirales de sang. Elle détestait ces yeux, elle qui avait toujours envié à sa mère la pureté bleue de son regard. Elle les détestait au point de vouloir les crever, remplacer ce regard de mort par l'obscurité profonde et totale.

Anna se tenait maintenant au milieu du petit salon. Il n'y avait rien à part une table et quelques chaises. En face d'elle, la fenêtre renvoyait son image comme un miroir. *Tu ressembles à un fantôme*, pensa-t-elle en apercevant son reflet.

Un grésillement se fit entendre depuis la cuisine, mais elle n'y prêta aucune attention. Son portable vibrait sur le plan de travail. Alain cherchait désespérément à la joindre. Mais il était déjà trop tard.

61

— 65 euros et 80 centimes s'il vous plaît.

La caissière fixait Zed avec de grands yeux fatigués.

Il avait fait la moitié du chemin en moins de trente minutes avant de se rendre compte que le réservoir était à sec. Tout en fouillant dans son portefeuille, Zed ne quittait pas du regard l'écran de son téléphone portable. Il attendait les résultats d'un test ADN décisif. Si l'info était confirmée, le tueur n'en avait plus pour longtemps. Zed régla son essence avec sa carte bleue et décida de vérifier sa messagerie téléphonique avant de reprendre la route pour rejoindre Étretat. Il n'avait pas encore l'adresse précise de la résidence secondaire d'Anna et il devrait, de toute façon, attendre que ses collègues aient récupéré l'info.

Le numéro de sa boîte vocale se composa automatiquement et la voix synthétique d'une jeune femme lui annonça qu'il avait deux messages. Le premier expliquait que ses collègues avaient réussi à obtenir du labo de police scientifique une analyse ADN « en urgence ». Ça allait nécessiter une tonne de paperasserie, mais ils auraient les résultats dans l'heure.

Le second lui transmit une adresse récupérée auprès des parents d'Alain Renucci. Zed savait désormais où aller. Ces deux informations en tête, il ouvrit la porte de la station-service pour se retrouver plongé dans l'humidité glaciale des abords de l'A29. Au loin, on apercevait les fumées des usines du Havre monter dans les nuages. La mer bouchait l'horizon d'un noir profond qui se confondait avec le ciel. La nuit allait bientôt tomber, il avait moins d'une heure pour arriver sur place et résoudre cette affaire. Si le SMS arrivait et qu'il confirmait sa théorie. Il parcourut les quelques mètres qui le séparaient de sa moto, entreprit de décrocher son casque intégral et de le mettre pour se protéger du froid. Une fois ses clefs sur le démarreur, il mit ses gants en cuir et enfourcha sa monture en acier. Quelque chose vibra dans sa poche. Il releva la visière de son casque et fouilla dans ses poches comme un gosse à la recherche d'un bonbon. Sur l'écran du téléphone, on pouvait lire un message de quelques mots.

TEST POSITIF. C'EST ELLE.

62

La nuit n'était plus très loin. Zed avait avalé la centaine de kilomètres qui le séparaient du manoir en moins d'une quarantaine de minutes. À la sortie de l'autoroute, il avait emprunté une petite départementale jusqu'à Étretat, puis une route de campagne qui montait dans les hauteurs à travers un bois épais. Avec l'aide du GPS, il avait fini par trouver l'entrée de la propriété : un long chemin forestier dont le sol boueux risquait d'embourber définitivement sa moto. Il était plus sage de la laisser garée le long de la route et de parcourir le reste à pied. La traversée fut plus longue que prévue, d'abord parce que le chemin faisait presque trois cents mètres de zigzags en pleine forêt, ensuite car l'obscurité était ici plus dense, la cime des arbres empêchant les derniers rayons du soleil d'atteindre le niveau du sol. Qu'allait-il découvrir au bout du chemin ? Zed n'en avait aucune idée, mais il était certain que d'une manière ou d'une autre, sa longue traque allait prendre fin ici même.

Il arriva en vue de la maison. Une 406 grise était garée à l'arrière, porte conducteur grande ouverte. Aucune lumière ne s'échappait des fenêtres malgré l'obscurité grandissante, la seule touche de couleur venait du plafonnier de la voiture. Zed progressa avec précaution. Quelque chose dans l'air éveillait son instinct de flic. Il avança jusqu'à la 406 et jeta un rapide coup d'œil à l'intérieur. Personne dans l'habitacle, un petit sac de pharmacie en papier était posé sur le siège passager. Les clefs étaient encore sur le contact. Ses yeux se fixèrent sur la maison, il longea un mur jusqu'à une première fenêtre, masquée par un rideau, puis une seconde qui lui fit apercevoir une petite cuisine plongée dans la pénombre. La porte d'entrée se trouvait à quelques mètres. Elle était grande ouverte. Zed passa la main à sa ceinture et prit son revolver, un Sig-Sauer 2022 semi-automatique. La crosse en acier polymère lui renvoyait une sensation de froid qu'il détestait dans la paume de la main. Il pointa son canon devant lui et passa le seuil de la maison.

Tout était sombre, l'obscurité enveloppait le moindre recoin de la pièce dans laquelle il se trouvait. Son parcours dans la forêt lui avait laissé le temps de s'y habituer, un avantage certain si une menace venait à surgir. Il se trouvait dans une petite entrée aux murs étroits. Face à lui, un grand escalier en bois qui devait desservir les chambres à l'étage et deux portes sur les côtés.

Zed vérifia la première, il reconnut la cuisine qu'il avait aperçue depuis l'extérieur, elle était vide. La seconde porte le mena dans un petit salon où une silhouette gisait sur le sol.

Il braqua son arme autour de lui pour éviter de se laisser surprendre. Rien. Il se pencha vers le corps et reconnut le visage d'Alain Renucci.

63

Il avait fallu quelques minutes, un verre d'eau et une aspirine pour permettre à Alain de reprendre ses esprits. La *timeline* des événements précédant son choc avec le sol revenait lentement et dans le désordre. Il était parti en ville pour acheter des médicaments et avait trouvé la maison vide à son retour. Inquiet, il était revenu jusqu'à sa voiture pour récupérer son téléphone portable et appeler Anna. C'est là qu'il avait aperçu une silhouette à la fenêtre du salon, cachée derrière les rideaux. Il était rentré dans la maison pour vérifier. À partir de là, les choses devenaient plus floues, il se souvenait avoir entendu un bruit derrière lui, puis on l'avait frappé à la tête, une douleur vive et brutale avant extinction totale des feux.

Zed avait allumé toutes les lumières et fouillé les moindres recoins sans succès. Anna avait disparu.

— Il y avait pourtant quelqu'un, j'en suis sûr, il était là, derrière les rideaux, il m'observait.

— Ça aurait pu être Anna ? répondit Zed calmement.

— Peut-être, mais si c'était elle, qui m'a assommé ?

Zed ne dit rien, mais il fixait Alain dans les yeux avec un air désolé.

— Qu'est-ce que vous suggérez ? Ce serait elle ? Pourquoi ?

— Écoutez, j'ai quelque chose d'important à vous dire, mais avant j'essaye, moi aussi, de comprendre. Cet homme vous dit quelque chose ?

Zed lui passa son téléphone portable sur l'écran duquel on voyait un cliché de « Gégé » Bihan avant que le tueur ne lui mutile le visage.

— Jamais vu, répondit-il en secouant la tête.

— Passez à la photo suivante…

Sur l'écran s'affichait maintenant un nouveau portrait. Celui d'une jeune femme blonde, dans les vingt ans, avec de grands et beaux yeux bleus. Le regard d'Alain se voila, ses mains se crispèrent sur l'écran du téléphone.

— Laetitia Gunther, une étudiante polonaise qui payait sa fac de droit en faisant la call-girl pour le gars que je vous ai montré juste avant… Vous savez ce qui les relie tous les deux ?

Alain fit non de la tête tout en masquant difficilement son trouble.

— Ils ont été massacrés par le tueur que je traque depuis un an.

Zed croisa le regard d'Alain et comprit immédiatement qu'il avait visé juste.

— Il faut me parler, Alain, c'est l'unique chance que nous avons de sauver Anna.

— Cette fille… je la connais…

Et Alain déballa son sac. Il lui raconta sa relation avec Anna. La grossesse, la frustration, et puis son départ pour un séminaire de chirurgie dentaire avec son bon copain Edward. C'est lui qui avait eu l'idée des call-girls. Lorsque Laetitia avait débarqué dans sa chambre d'hôtel, il n'avait pas su résister à ce corps jeune et plein de vie. Il avait trompé sa femme, provoqué une fausse couche et portait depuis le poids de la culpabilité.

Aujourd'hui, Laetitia était morte, son souteneur était mort et au moins trois autres filles avaient elles aussi été tuées.

— Vous pensez que c'est moi ? conclut Alain avec une sorte de résignation dans la voix.

— Non, répondit Zed sans hésiter.

— Qui alors ?

— J'ai demandé au laboratoire de la police d'analyser les empreintes et l'ADN extraits de l'agenda de votre femme. On a pu en récolter pas mal lui appartenant.

— Mais pourquoi ?

— Son ADN coïncide à 100 % avec celui retrouvé dans l'appartement de la rue d'Amsterdam et dans la voiture qui a servi à transporter au moins deux corps.

Alain se plia en deux comme si on venait de le frapper au ventre.

— C'est… c'est impossible.

— C'est la vérité Alain. C'est elle… c'est Anna qui tue, depuis le début… Cet homme qu'elle a aperçu après son accident, c'est sa première victime, Gérard Bihan, l'homme qui lui a volé son bébé. Ensuite, il y a eu plusieurs prostituées jusqu'à ce qu'elle retrouve Laetitia…

— Elle se venge de moi ?

— Pas seulement… Il y a autre chose. En rapport avec ce SDF. Je ne sais pas encore quoi, mais on ne devient pas un tueur par simple vengeance, ça doit remonter à bien plus loin…

Alain avait maintenant les yeux creusés et les traits tirés. Son corps tout entier s'était recroquevillé. Il ressemblait à un vieillard.

— Qu'est-ce qu'elle va faire maintenant ?

— Elle ne vous a pas tué, ça prouve que tout ça va bien au-delà d'une vengeance vous concernant. Il faut la retrouver. Vous avez une idée d'où elle pourrait être ?

Alain réfléchit quelques secondes.

— Peut-être, oui…

64

Le banc se dressait face à la mer. Anna avait quitté la maison après le retour de son mari. Elle ne se souvenait pas bien de ce qui s'était passé, mais elle avait ressenti le besoin de saisir une vieille bûche dans la cheminée et de le frapper derrière la tête. Elle ne lui voulait pas vraiment de mal, juste qu'il la laisse tranquille et surtout, qu'il ne l'oblige pas à prendre les somnifères qu'il était allé lui chercher. Depuis son retour dans la maison de son enfance, sa mémoire commençait enfin à lui revenir et il était hors de question de noyer ce flot de souvenirs dans un marasme médicamenteux. Quelque chose de profondément enfoui cherchait à sortir de l'abîme depuis son accident, il était temps que cela se fasse, Anna le savait. Le vent fouettait ses joues par rafales et donnait l'impression que la température avait chuté bien en dessous de zéro. Chaque expiration était accompagnée d'un nuage de vapeur blanche et le froid pénétrait progressivement toutes les couches de ses vêtements. Elle avançait lentement sur le petit sentier qui longeait la crête des falaises.

Et puis elle le vit. L'homme était assis sur le banc, emmitouflé dans son manteau, casquette vissée sur la tête. Il regardait la mer sans un mouvement, comme figé pour l'éternité. En l'apercevant, Anna fut immédiatement projetée trente-quatre ans en arrière. 1980, une rue du quartier rouge d'Amsterdam, un homme de grande taille à la barbe épaisse rentre dans une boutique où l'on vend l'amour en vitrine. Anna a six ans, elle se trouve dans un autobus scolaire avec ses camarades de classe. Cet homme qu'elle aperçoit à peine, c'est son père. Flash de lumière blanche, le froid du vent la ramène quelques secondes sur la falaise et un nouveau souvenir prend place dans son esprit. Elle est seule avec sa mère dans une grande chambre. Les murs sont lambrissés de bois clair, un immense bow-window donne sur un canal. Sa mère pleure à chaudes larmes et lui caresse doucement les cheveux. Dans quelques heures, son père va rentrer du travail et elle va lui annoncer qu'elle le quitte. Elle ne supporte plus ses infidélités. Anna a une douleur qui lui déchire le ventre. Ses parents vont se séparer à cause d'elle. Elle n'aurait pas dû se trouver là, elle n'aurait pas dû voir, elle n'aurait pas dû parler. Sa mère a beau lui répéter qu'elle n'a rien à voir dans leur séparation, Anna n'y croit pas, c'est sa faute, elle le sait. Dans quelques semaines, ils prendront leurs affaires et déménageront définitivement pour la France. Elle est persuadée qu'elle ne reverra plus jamais son père. Et pourtant…

Retour sur la falaise, Anna s'est approchée du vieux SDF et vient s'asseoir à côté de lui. Elle observe cet homme au visage marqué et à la longue barbe grise.

— Papa… dit-elle en pleurant.

L'homme tourne lentement son visage vers Anna. Il a les yeux mouillés de larmes et sourit.

— Ma chérie. Tu te souviens la dernière fois que nous nous sommes parlé sur ce banc ?

Une nouvelle fois l'esprit d'Anna se tord dans tous les sens. Des images se forment peu à peu… 1984, trois ans après son arrivée en France. Anna joue dans le jardin, elle trace des cœurs dans l'écorce du vieux gris à l'aide d'un Opinel chipé dans les affaires de monsieur Philibert. Un homme l'observe depuis la clôture du champ. Cet homme est grand, il porte une longue barbe et un manteau. Il a l'air fatigué et sale. Anna lui dit bonjour avec la main, il lui répond et se rapproche. Arrivée au pied du vieux gris, elle le reconnaît. Il lui parle doucement, l'embrasse et la serre fort. Ils échangent quelques mots, rigolent, heureux de se retrouver. Il lui emprunte l'Opinel et trace une spirale dans l'écorce. *Ce sera notre signe secret…* murmure-t-il à son oreille. Quelque chose flotte dans l'air, comme un sentiment de bonheur et l'impression d'avoir retrouvé une partie de son âme. Et puis tout cela prend fin avec la voix menaçante de sa mère. Elle lui demande de rentrer à la maison, vite, sans discuter. Anna regarde son père, dépose un baiser sur sa joue et traverse le champ. Elle ne le reverra plus jusqu'au suicide de sa mère.

— Elle est partie sans rien te dire, dit l'homme en lui souriant. Pourtant, je suis sûr que tu sais.

— Tu étais revenu pour me voir ?

— J'ai toujours aimé ta mère, je pensais qu'elle

accepterait de me reprendre après toutes ces années. Je pensais qu'elle le ferait pour toi.

— Et qu'est-ce qu'elle t'a dit ?

— J'étais devenu un clochard. Elle m'a dit qu'elle préférait mourir que de vivre avec moi.

— Pourquoi tu ne me l'as pas dit lorsque nous nous sommes retrouvés ici après son suicide ?

L'homme tourna la tête pour fixer l'horizon. Des larmes commencèrent à couler sur ses joues.

— Je suis désolé, j'étais lâche. J'aurais dû te dire que tu n'y étais pour rien. Si j'avais eu plus de courage, peut-être que tout cela ne serait pas arrivé.

— Tout cela quoi ? De quoi tu parles, papa ?

— Le monstre, ma chérie… Le monstre que tu es devenue.

65

La nuit avait fini par tout recouvrir. La petite ville d'Étretat, nichée entre les falaises, recroquevillait ses maisons en pierre grise comme pour se protéger du froid. Les réverbères bavaient leur lumière orange dans une fine bruine transportée par le vent.

Le silence était absolu hormis l'entêtant roulement des vagues qui retournait les gros galets de la plage. Deux silhouettes marchaient à vive allure en direction des falaises. Alain et Zed étaient trempés, le visage ruisselant autant par la transpiration que par la pluie. Ils étaient partis du manoir quelques minutes plus tôt avec la conviction qu'ils manquaient cruellement de temps. Anna était quelque part en ville ou dans les parages et ils étaient les seuls à pouvoir l'arrêter.

— C'est par là, dit Alain en montrant du doigt un petit sentier creusé dans la falaise. C'est le chemin qu'on prend toujours tous les deux… Elle y venait souvent quand elle était petite.

Ils accélérèrent pour atteindre le sommet. Une violente bourrasque leur projeta de la pluie dans les yeux alors qu'ils atteignaient enfin la crête. D'ici ils avaient une vue sur la ville et la longue enfilade des falaises. À la lueur de la lune, le paysage avait quelque chose d'irréel, comme une toile noire sur laquelle les falaises de craie traçaient de grandes et épaisses lignes blanches.

— Là, au bout, lança Alain en pointant une direction avec son doigt.

Zed passa ses mains sur son visage pour enlever l'eau de pluie. Il apercevait à peine une petite ombre noire nichée à une centaine de mètres en bordure de falaise.

— C'est le banc de son enfance ! J'ai l'impression de voir quelque chose !

Ils accélérèrent le pas en luttant contre le vent. À mesure qu'ils approchaient, la silhouette se précisait. Anna était assise sur le banc face à la mer. Et elle était seule…

66

Anna s'était levée pour rejoindre son père. Sa grande carcasse voûtée se dressait face à la mer et fixait l'immensité obscure des flots. Le vent soulevait sa tignasse grise et lui donnait des airs de vieux sage.

— Regarde l'abîme, ma chérie, dit-il d'une voix douce.

Anna se rapprocha et risqua un coup d'œil vers le bas. Les falaises tombaient à pic sur une mer déchaînée. Habituellement, elle aurait été prise par une terrible bouffée de vertige, mais la présence de son père la rassurait. Elle se sentait dangereusement à l'aise.

— Quand ta mère s'est suicidée et que tu es allée vivre avec ta tante à Paris, j'ai souvent voulu te rendre visite.

— Et pourquoi tu ne l'as pas fait ? J'étais seule, j'avais perdu maman…

— J'étais devenu une épave. Je me suis rapproché de toi, je t'ai observée… Tu avais l'air heureuse. Je ne voulais pas tout gâcher.

— Je t'ai attendu, papa… je t'ai attendu toute

ma vie… Et tu m'as abandonnée une seconde fois, répondit-elle en pleurant.

L'homme se rapprocha d'elle et la prit par les épaules. Elle pouvait sentir sa chaleur irradier à travers son corps.

— Il faut que tu me parles maintenant, mon petit cœur… Il faut que tu me racontes, dit-il en lui caressant le visage.

C'est alors que pour la première fois depuis la mort de sa mère, tout devint clair dans la tête d'Anna. L'abîme de son esprit s'éclaira d'une lumière éclatante, illuminant les liens qui lui échappaient depuis toujours… Elle vit des images de son passé réapparaître en un flot continu, montage de sa vie qui avait enfin un sens…

Elle se vit tout d'abord le jour où Alain lui avait annoncé sa trahison. Ce n'était pas son mari qu'elle avait détesté ce jour-là, mais son père… Une souffrance infinie lui avait déchiré le ventre, ravageant toute vie et brisant ses espoirs. Elle avait perdu son enfant, l'essence d'une rédemption à laquelle elle n'aurait plus jamais droit. La souffrance s'était transformée en colère puis en haine. Quelqu'un devait payer pour la mort de son bébé et celle de sa mère, le prix du sang. Elle avait mis quelques mois à retrouver le salopard qui avait perverti son mari. Gérard Bihan avait été le premier de la liste. Elle l'avait attiré dans une ruelle en lui demandant de l'aide. Qui se méfie d'une jeune femme aussi fragile qu'Anna ? La lame du poignard avait déchiré les chairs à au moins dix reprises avant qu'elle ne décide de lui crever les yeux. Après tout, c'était bien ce jour-là que tout avait commencé, lorsqu'elle avait vu son père rentrer dans cette boutique du quartier rouge. Elle en avait parlé à sa mère sans penser à mal… Il aurait suffi qu'elle tourne la tête et tout aurait été différent. Les yeux sont le miroir de l'âme, ils sont aussi notre fenêtre sur l'horreur de ce monde. Les crever lui semblait être la seule solution.

Après ce premier meurtre, la haine s'était apaisée, mais pas pour longtemps. Quelques années plus tard, Alain l'avait menacée de la quitter. Elle lui refusait tout rapport sexuel et il voulait voir ailleurs. La partie sombre de son âme s'était une nouvelle fois réveillée et elle avait frappé au hasard de ses rencontres dans la nuit parisienne. Les yeux des prostituées n'avaient pas réussi à épancher sa soif de vengeance, jusqu'au jour où le miracle s'était produit. Elle avait réussi à retrouver la trace de la fille qui avait souillé son mari et avait décidé de l'emmener au milieu de la forêt pour s'en débarrasser. C'est là que l'homme était sorti des bois pour lui parler. C'est là qu'elle avait retrouvé son père.

— Papa, tu étais près de moi depuis tout ce temps.

— Je ne me suis jamais résigné à partir. J'ai erré dans la ville pour te connaître sans oser te parler. Je t'ai vue petite fille à la sortie de l'école, puis quand tu préparais tes cours à l'université. J'étais là quand tu quittais ton travail à la bibliothèque. Une ombre qui rôdait sans jamais se dévoiler.

— Et tu étais là dans la forêt.

Le visage du vieil homme devint sombre.

— J'étais là, oui… et j'ai essayé de t'aider… Mais il était déjà trop tard.

Anna sentit tout à coup la chaleur disparaître de son corps. Le contact de son père était devenu d'un froid glacial.

— Ton accident Anna, c'est la clef qui peut sauver ton âme.

67

Le vent soufflait en bourrasques violentes, formant un mur invisible. Alain avait beau hurler à s'en exploser les cordes vocales, le combat était inégal.

Zed courait devant, esquivant les ornières et les flaques de boue de plus en plus profondes. Il avait le regard fixé sur le banc où Anna était assise quelques minutes plus tôt avant de se lever pour se rapprocher dangereusement du bord de la falaise.

Elle avait contourné un petit monticule de pierres si bien que ni lui ni Alain n'arrivaient plus à l'apercevoir.

Zed accéléra la cadence, mettant à profit ses heures d'entraînement sur les tatamis. Derrière lui, Alain crachait ses poumons. Il s'immobilisa et mit les mains sur ses genoux pour reprendre son souffle.

— Allez-y, je vous rejoins, cria-t-il d'une voix sans timbre.

Zed ne l'avait pas attendu pour continuer sa course. Il contourna le monticule de pierres de manière à avoir une vue panoramique sur la crête des falaises.

Anna se trouvait à moins de cent mètres, les pieds au bord du gouffre. Quelques secondes, Zed eut l'impression qu'elle tentait de serrer quelque chose d'invisible avec ses bras, puis elle sauta dans le vide…

68

Lumière blanche. Le monde dans lequel évoluait Anna n'avait plus rien à voir avec le théâtre apocalyptique dans lequel elle se trouvait une fraction de seconde auparavant. Les falaises et la mer étaient bien là, mais le ciel s'était transformé en une immense aura incandescente. Anna flottait au-dessus du vide à hauteur de la crête. Face à elle, son propre corps chutait comme au ralenti. Elle remarqua que les traits de son visage semblaient parfaitement détendus, elle était résignée à mourir.

Maintenant tu vas tout savoir, dit la voix. Et Anna comprit que depuis le début, elle avait toutes les réponses à ses questions. Elle était à la fois le problème et la solution, il ne lui manquait que la volonté de l'admettre.

Son corps éthéré se déplaçait vers la plaine et elle vit deux silhouettes qui couraient dans sa direction. Alain, mon pauvre Alain, j'espère que tu me pardonneras un jour, pensa-t-elle. Peut-on seulement pardonner à un assassin ?

Quelques notes de musique commençaient à flotter dans l'air.

La voilà ! La musique fantôme ! L'hymne des enfers !

Anna jeta un coup d'œil à son corps qui continuait sa chute, centimètre par centimètre. Elle fixa la lumière et crut apercevoir en son centre une sorte de soleil ovale. Le soleil grandit rapidement à la fois en taille, mais également en épaisseur, il engloba bientôt tout l'espace de l'horizon. Anna comprit soudain qu'il ne s'agissait pas d'un soleil, mais d'un immense tunnel de lumière au bout duquel se tenaient des ombres, minuscules silhouettes perdues dans l'horizon. La musique devint plus présente en intensité et en harmonie. Elle n'avait jamais entendu quelque chose d'aussi beau.

Je suis là, Anna, dit la voix. Pour la première fois, elle semblait ne pas venir de l'intérieur de sa tête, mais d'un point situé derrière elle. Anna se retourna et vit le visage de sa mère. Elle avait vingt ans, de longs et beaux cheveux bruns et elle la fixait avec un regard d'une infinie bonté. Son corps semblait flotter au-dessus du vide dans une aura de lumière dorée. *Ma chérie, j'ai toujours été avec toi.* Anna voulut pleurer des larmes de bonheur, mais elle ne réussit qu'à rire en prenant sa mère dans ses bras.

— Maman, tu m'as tellement manqué…

Toi aussi, mon cœur… Il est temps que tu voies, que tu comprennes… En une fraction de seconde, la lumière blanche et le tunnel furent occultés par une série d'images. Anna savait ce qui lui arrivait, les expérienceurs de Roody parlaient d'une « revue de vie », un montage précis des événements marquants d'une existence. Anna assistait avec sa mère au visionnage mental de ce film initiatique. Elle s'était imaginé voir une sorte de résumé qui commencerait à sa naissance pour remonter jusqu'à sa chute de la falaise, mais il n'en fut rien. Le film commençait à l'accident, lorsqu'elle avait pour la première fois traversé les rives de la mort. Les images qu'elle partageait avec sa mère étaient à la fois visuelles et sensitives. Non seulement elle se voyait, mais elle pouvait aussi ressentir les émotions des autres personnages. Parmi ceux-ci, elle reconnut Audrey, la jeune aveugle. Elle l'avait piégée le soir de leur dîner en l'invitant à prendre un verre dans l'appartement de la rue d'Amsterdam. Elle se vit ensuite revenir sur les lieux, inconsciente de ses actes. Elle savait où trouver la clef, et pour cause. La scène où elle se débattait contre un adversaire invisible la mit mal à l'aise, mais la voix la rassura.

Tu n'es pas là pour être jugée. C'est toi qui dois juger tes actes. Le film continua comme cela, décryptant soigneusement tout ce qu'elle avait cru être la réalité depuis son accident. C'était elle qui avait brisé le carreau du salon, inscrit le mot dans son carnet. Encore elle qui utilisait la Lada et payait son propriétaire. Toujours elle qui était allée à Notre-Dame pour se débarrasser du professeur Roody. Enfin, et cela lui retourna le ventre et finit de lui briser le cœur, c'était elle qui avait battu Nathan dans un excès de colère en lui faisant jurer de ne rien dire.

— Je suis un monstre, dit-elle. Je ne mérite que l'enfer.

Il n'y a pas d'enfer, répondit sa mère.

— Alors où mène ce tunnel ?

Quelque part... Suis-moi et tu sauras. D'un coup, les images disparurent et Anna retrouva le tunnel de lumière blanche qui trônait au-dessus des falaises. Loin en dessous d'elle, la silhouette du flic se penchait au bord du gouffre. Son corps matériel était presque arrivé au niveau de la mer, elle n'en avait plus pour longtemps.

L'être de lumière prit sa main et la fit traverser l'immensité dorée jusqu'au soleil où l'attendaient les silhouettes. Là, elle crut reconnaître son père et sa mère ainsi qu'Audrey et les visages de ses victimes. Elle se retourna vers son guide.

— Qui êtes-vous ? J'ai cru que vous étiez ma mère.

Je suis ton passé et ton futur. Je suis ta rédemption.

Face à elle se trouvait un petit portail en bois, comme celui de la clôture qui encadrait les champs du manoir. Sur le bois, Anna devina des spirales.

Veux-tu passer le portail avec moi ? Cette fois, il n'y aura pas de retour.

Anna lui prit la main et enjamba le portail sans hésiter.

Son corps venait de s'écraser contre les rochers.

Enfin, elle trouva la paix.

69

La lumière blanche des néons lui piquait les yeux.

— Vous pouvez éteindre ? demanda le professeur Roody en se redressant difficilement sur son lit.

Zed poussa l'interrupteur et vint se placer en face de lui.

— J'ai parlé avec le médecin, il a mentionné le mot miracle.

— Je sais, je suis difficile à tuer, j'imagine que c'est parce que je n'en ai pas encore fini ici-bas, répondit-il sans enthousiasme.

Zed observa quelques instants le visage du professeur. Ses traits s'étaient considérablement marqués depuis leur dernière entrevue à Jussieu. Il avait l'air vieux et fatigué, son sourire intérieur s'était transformé en une blessure profonde qui transparaissait dans chacun de ses mots.

— Je suppose que vous êtes venu pour parler d'Anna Renucci…

— J'essaye de boucler l'enquête, vous savez comment sont les flics, on a besoin de tout comprendre.

Le bip d'un monitoring commença à résonner dans

la chambre. Roody jeta un coup d'œil à l'écran et remit en place l'électrode qu'on lui avait reliée au pouce.

— Leurs foutus appareils n'arrêtent pas de sonner. (Le bruit cessa.) Qu'est-ce que vous voulez savoir exactement ?

— Vous m'avez appelé le jour où elle vous a attaqué. Pour quelle raison ?

— Je voulais vous prévenir… Vous avertir que vous faisiez fausse route, dit Roody en déplaçant son bassin pour trouver une position plus confortable. Vous vous rappelez qu'Alain Renucci était venu à mon cabinet pour me menacer ?

Zed acquiesça.

— Eh bien j'ai fait des recherches le concernant. En interrogeant le médecin psychiatre qui a traité Anna après sa fausse couche, j'avais appris qu'Alain avait des antécédents de violence liés à sa jalousie maladive.

— Peut-être, mais il est totalement blanchi des meurtres. Elle agissait seule.

— Sans doute, mais ces recherches m'ont amené à discuter du travail qu'Anna avait entamé avec son psychiatre. C'est là que j'ai compris.

Le visage de Roody fut soudain traversé par un rictus de douleur. Il se massa la poitrine.

— Anna Renucci souffrait d'un violent traumatisme depuis sa petite enfance. Elle pensait être la cause de la séparation de ses parents et plus tard, du suicide de sa mère.

— La culpabilité est un moteur puissant, mais de là à tuer toutes ces femmes…

— Je me suis rendu à la résidence où séjourne la tante d'Anna… Elle m'a raconté une histoire. Elle a récupéré la petite après le suicide, elle devait avoir dix… peut-être onze ans. Elle s'est occupée d'elle, l'a élevée et lui a payé ses études…

— J'ai déjà toutes ces informations dans mon dossier. Alain m'a expliqué qu'Anna adorait sa tante.

— Oui… mais ce que vous ne savez pas, c'est qu'elle n'a pas eu une enfance… normale. Très tôt elle a commencé à dériver… Sa tante a mis un certain temps à s'en rendre compte, car d'un côté, elle était une élève modèle, de l'autre une adolescente plutôt dépravée.

— Dépravée ? Qu'est-ce que vous voulez dire ?

— Prostitution, drogue… Elle traînait avec une bande de marginaux, elle cherchait à repousser les limites. Attitude normale pour une ado, sauf que dans le cas d'Anna, cette révolte était totalement inconsciente. Le soir, elle rentrait sagement chez sa tante et bûchait sur ses devoirs.

— Vous voulez dire qu'elle était schizo ?

— En psychiatrie on parle de dédoublement de la personnalité. Anna a vécu un traumatisme qu'elle a surpassé en se créant une autre personnalité. D'un côté, il y avait la gentille Anna, à l'image de sa mère, toujours bien éduquée et travailleuse. De l'autre le monstre, à l'image de son père.

— Les analyses ont prouvé que le SDF du bois de Vincennes était bien Fréderic Moller, son père. C'est d'ailleurs le nom qu'elle a utilisé pour louer l'appartement de la rue d'Amsterdam.

— Cette rencontre fortuite a dû faire l'effet d'un

cataclysme dans son psychisme. Alors qu'elle était en train de tuer, sous la personnalité du père, elle se retrouve face à lui !

— Oui… À la suite de cette rencontre, Moller a visiblement essayé de l'aider en faisant disparaître ses traces. Et quel rôle a pu jouer son expérience de mort imminente dans tout ça ?

— Un rôle de déclencheur. Son expérience noire lui a montré la voie de la vérité. C'est un peu comme si son inconscient avait profité de son EMI pour la pousser à unifier ses personnalités.

— C'est pour cela qu'elle a vu sa première victime…

— La culpabilité, le remords, la souffrance… tout se mélange… Le tunnel noir, c'est en quelque sorte l'abîme qu'elle a toujours voulu occulter au fond d'elle.

Roody se pencha en avant pour prendre un verre et y versa le contenu d'une petite bouteille d'eau. Il but une longue gorgée et inspira profondément.

— Anna était malade… Nous n'aurions pas pu la sauver. Elle l'a fait toute seule.

— Et elle a pris la vie de six personnes pour y arriver. Vous avez failli mourir vous aussi…

Roody ne répondit rien. Zed observait les yeux bleus perçants du professeur. Quelque chose avait changé dans son regard. Zed pouvait y lire une infinie tristesse.

70

Des rires d'enfant résonnèrent dans le ciel d'azur. Nathan jouait avec son grand-père dans le jardin. Il avait les fesses dans une brouette et se laissait traîner sur le gazon comme dans un pousse-pousse improvisé. Alain l'observait depuis la baie vitrée de la cuisine. Un mois s'était écoulé depuis l'enterrement d'Anna et Nathan recommençait à vivre comme si de rien n'était. Les enfants ont cette faculté de s'adapter à toutes les situations, même les plus difficiles. Pourtant, Alain ne pouvait s'empêcher de penser aux répercussions inévitables que tout cela allait avoir sur son fils. Les pédopsychiatres l'avaient bien mis en garde, il allait devoir se rapprocher de Nathan et répondre à ses angoisses par beaucoup d'attention et de dialogue. Les blessures les plus graves sont celles qu'on ne verbalise jamais, celles qu'on garde inscrites au fond de son âme pendant toute son existence. Alain sentait monter les larmes, peut-être aurait-il pu sauver Anna si elle s'était confiée à lui. Le travail de psychanalyse qu'il avait entamé l'aidait à se libérer de la culpabilité, mais le chemin allait être long, très long.

Les rires redoublèrent au moment où la brouette se renversa sur un tas d'herbes fraîchement coupées. Nathan jeta un coup d'œil vers son père et lui fit un geste de la main. Alain sourit et alla le rejoindre dans le jardin. Le soleil était enfin revenu, l'été ne faisait que commencer.

71

Le banc se dressait face à la mer. À quelques kilomètres de là, un vieux manoir croupissait lentement dans l'humidité normande. Un orage avait abattu sa foudre sur le vieux gris, fracassant le tronc blanchi en deux. On avait débité les restes du vénérable chêne à la tronçonneuse pour en faire du bois de chauffage. L'hiver promettait d'être froid, peut-être le plus froid depuis des années. Sur une bûche qui se consumait lentement dans l'âtre de la cheminée, on pouvait à peine distinguer une spirale enroulée comme un serpent noir sur elle-même. Bientôt, tout ne serait que cendres et fumée dispersées au firmament. C'est ainsi que les secrets meurent.

Remerciements

Ce roman n'aurait jamais vu le jour sans les encouragements bienveillants de Franck, Philippe et Olivier.

Les gars, vous avez cru en moi et je vous en remercie. Après, il y a la confiance indéfectible de Lise et Jean Paul, et le travail ingrat de Krol. Grâce à vous ce livre est un voyage que je n'oublierai jamais.

POCKET N° 16712

« Des chapitres courts et intenses, une écriture fluide, l'auteur mène la danse au fil des pages, ne laissant aucun répit. »

Le Havre-Presse

Niko TACKIAN

LA NUIT N'EST JAMAIS COMPLÈTE

La route à perte de vue au milieu d'un désert de rocaille. Arielle et Jimmy parcourent le bitume au volant de leur vieille Ford. Mais quand le père et la fille tombent sur un barrage de police et sont obligés de passer la nuit sur place, tout dérape... Ils se réveillent seuls, abandonnés, naufragés de l'asphalte. À quelques kilomètres de là, deux immenses tours métalliques se dressent, cadavres rongés par la rouille et le temps. Cette ancienne mine sera leur refuge. Ou leur pire cauchemar...

Retrouvez toute l'actualité de Pocket :
www.pocket.fr

Composition et mise en pages
FACOMPO, Lisieux

Achevé d'imprimer en Allemagne
par GGP Media GmbH
à Pößneck
en février 2018

S26900/01